PD가 된 땅끝 소년

ⓒ김병진 2021

초판 1쇄 발행 2021년 10월 25일
초판 3쇄 발행 2021년 11월 25일

지은이   김병진
펴낸곳   도서출판 가쎄 [제 302-2005-00062호]
주소   서울 용산구 이촌로 224, 609
전화   070. 7553. 1783 / 팩스 02. 749. 6911
인쇄   정민문화사

ISBN   979-11-91192-33-9 03810

값   15,000원

www.gasse.co.kr
berlin@gasse.co.kr

PD가 된 땅끝 소년

글을 시작하며

내가 태어나고 자랐던 해남군 옥천면 용동마을은 대흥사를 품은 두륜산 뒤편에 있다. 외지인들은 존재조차 잘 모르던 산골 마을로, 영화에 나오는 '동막골' 같은 곳이다. 남쪽 땅끝이었으니 동막골보다 더 깊은 산골이라고 보는 게 옳을 듯하다. 나는 그곳에서 고등학교를 졸업할 때까지 살았다.

그런 내가 서울에 와서 방송국 PD가 된 것은 기적이라고 할 수밖에 없다. 실제로 내가 해남에서 왔다는 것만으로도 개천에서 용이 난 거라며 놀리는 사람들이 많다. 하지만 그런 말을 하는 사람들은 물론, 가족들마저 내가 땅끝마을 출신이라는 것만 알 뿐이지 쓰러져가는 초가집에 살면서 힘들게 농사지었을 거라고는 생각하지 않는다.

아이들이 커가면서 아빠가 살아왔던 이야기를 들려주곤 했다. 처음 한두 번은 귀를 쫑긋 세우며 관심을 가졌다. 하지만 횟수가 더해지자 더는 들으려 하지 않았다. 듣는다 해도 마지못해 듣는 척했다. 그럴 때면 서운할 때가 많았다. 그렇다고 아이들을 붙들고 들어달라고 애걸복걸할 수도 없었다. 그래서 글로 남겨야겠다고 마음먹었다. 하지만 글을 쓴다는 것은 결코 쉬운 일이 아니었다. 내가 몸담은 방송국은 일이 많아 항상 바쁜 곳이었기 때문이다.

그러던 올봄 어느 날 밤, 글쓰기 공부를 시작하게 됐다. 고향과 관련한 책을 쓰고 있던 선생님이 첫 번째 숙제로 '고향'을 주제로 한 글을 써오라고 했다. 처음엔 숙제를 하는 차원에서 어린 시절 이야기 한두 편을 썼다.

막상 글을 쓰려니 무엇 하나 쉬운 게 없었다. 글 쓰는 능력은 부족했고 어떻게 써야 할지, 무엇을 써야 할지 등등 모든 게 고민스러웠다. 중간에 포기할까도 생각했지만, 죽이 되든 밥이 되든 계속 써 보자고 마음먹었다. 한데 쓰다 보니 재미도 생겼고, 생각지 못했던 의미도 새롭게 찾을 수 있었다.

글감이 떠오르고, 자연스레 분량이 늘어가면서 수없이 웃고 울었다. 그 힘들던 농사일이며, 토끼와 고라니를 잡으러 뒷동산을 오르내리던 일, 싸리나무를 베던 일 등 분교에서 보냈던 어린 시절의 추억과 읍내에서 힘들게 자취하며 보냈던 일들이 마치 엊그제 일인 듯 꼬리에 꼬리를 물고 뇌리를 스쳐 지나갔기 때문이다. 40여 년 전의 일들이라고 하기엔 너무도 생생했다.

한 편씩 글을 쓸 때마다 가족들에게 내밀며 느낌을 물었다. 동갑내기

아내는 정말로 이렇게 살았냐고 하면서 훌쩍이는 일이 많았다. 방송기자인 딸 역시 때로는 눈물을 흘렸고, 때로는 깔깔거리며 재미있어했다. 대학생 아들은 아빠를 마음 깊이 이해하게 됐다고 했다. 그것만으로도 글을 쓴 목적은 어느 정도 달성한 셈이라고 만족했다.

그런데 '말 타면 경마 잡히고 싶다'고, 쓰다 보니 욕심이 좀 생겼다. 비슷한 삶을 살아온 사람들에게는 향수를 주고, 그렇지 못한 젊은이들이나 도시인들에게는 원시에 가까운 전원의 삶을 간접적으로나마 체험해 볼 수 있는 기회가 되기를 바라는 마음을 갖게 된 것이다. 코로나 팬데믹이 예상보다 훨씬 더 길어지는 상황에서 숨 막히는 독자들에게 이 책이 조금이나마 위로를 주었으면 하는 바람도 생겼다.

이 책이 나오기까지 지인들의 도움이 컸다. 먼저 '영원한 청년 작가' 박범신 형님께서 제목에 대한 의견은 물론, 내용과 글 실력을 긍정적으로 평가해주어 처음 글 쓰는 나에게 자신감을 불어 넣어주셨다. 또 방송 작가들과 낭독 전문 방송인들 역시 후한 평가와 함께 부족한 부분은 열과 성을 다해 보충해 주었다. 고수들의 높은 평가가 응원의 차원이라는 것을 모르지 않지만 큰 힘이 된 게 사실이어서 고마울 따름이다. 아울러 사진 촬영을 위해 땅끝 해남까지 동행한 사진가 구석완, 사진가 천제권 두 사람에게 감사의 말을 전한다.

  이 책은 나의 이야기이면서 어머니의 이야기이기도 하다. 어쩌면 나보다는 어머니의 이야기에 가깝다. 세상의 많은 사람들이 그러하겠지만 나는 유독 어머니의 덕으로 여기까지 왔다고 해도 과언이 아니다. 산골에서부터 서울에 이르기까지 90년의 세월 동안 강인한 의지로 역경을 헤치며 살아오신 나의 어머니 박성심 여사에게 이 책을 바친다.

2021. 8.

뜨거운 여름을 보내며... 저자

PD가 된 땅끝 소년

김병진

gasse•가쎄

차례

이야기 넷, 소년과 농사일 / 159
- 거머리가 물었다

이야기 하나,
해남 용동(龍洞)리 산골

동막골보다 깊은 동네

이야기 하나, 해남 용동(龍洞)리 산골
– 동막골보다 깊은 동네

1/ 초가집

우리 동네엔 20여 채의 집이 있었다. 옆집과 함께 우리 집은 동네 한가운데에 있었다. 돌담에 사립문을 낸 큰 집이었다. 크기로만 치면 옆집보다 우리 집이 더 컸다. 그러나 옆집은 기와집이었고 우리 집은 초가집이었다. 그것도 오래되고 허름한 초가집이었다. 기와집 옆에 있으니 더 초라해 보였다.

초가집은 불편한 점이 많았다. 비가 조금만 많이 와도 샜다. 그걸 막기 위해 매년 가을 추수가 끝나면 새 이엉으로 갈았다. 1년 일 중에서 가장 중요했다. 혹여 때를 놓쳐 갈지 못하면 이듬해 장마 때는 지붕에서 비가 줄줄 샜다. 이 때문에 형편이 되는 사람들은 지붕을 기와나 슬레이트로 바꿨지만 우리는 그러지 못했다.

지붕을 새로 이으려면 미리 날을 잡고 일꾼들을 모아야 했다. 예정

된 날이 되면 어른들은 널따란 마당에 모여 앉아 새끼를 꼬고 짚을 엮었다. 지붕 맨 윗부분을 덮는 용마름은 제일 중요해서 기술이 좋은 사람이 맡았다. 용마름은 용을 뜻하고, 용은 임금님을 뜻하며, 임금님이 집을 지켜주기를 바라는 마음이라고 했다.

이엉 작업이 마무리되면 지붕에 올려 헌것을 걷어내고 새것으로 바꿨다. 한 해를 묵어 썩은 이엉을 걷어내면 굼벵이들이 많이 나왔다. 나는 더럽고 무서웠지만 어른들은 아무렇지 않다는 듯 굼벵이들을 맨손으로 집어 마당에 던졌다. 짚단과 새끼를 나르던 나는 혹시 굼벵이가 몸에 닿기라도 할까 봐 겁을 내며 도망쳤다. 새참을 준비하던 어머니가 때마침 막걸리를 받아오라고 하면 잘됐다 싶어 얼른 집을 나섰다. 보통날의 막걸리 심부름은 싫은 일이었지만 그날만큼은 좋았다. 굼벵이로부터 해방되고 싶었기 때문이다.

초가집은 불에 약해 큰 변을 당할 뻔도 했다. 초등학교에 들어가기도 전이었다. 어느 겨울날, 우리 집에서 연기가 나고 불길이 치솟았다. 어머니는 다급한 목소리로 외쳤다.

"불이야~. 불이야~. 동네 사람들, 불났어라. 우리 집에 불났단 말이어라."

순식간에 동네 사람들이 양동이며 세숫대야를 들고 우리 집으로 달려왔다. 그 위험한 순간에 나는 방 안에서 혼자 놀고 있었다. 형과 누나의 책으로 집짓기 놀이를 하고 있었던 것 같다. 불이 난 방 안에 내가 있다는 사실을 뒤늦게 알게 된 어머니가 숨이 넘어갈 듯한 목소리로 옆집 아저씨에게 알렸다.

"에마리오 소동 양반, 우리 막둥이가 방 안에 있어라."

"진짜로라?"

아저씨는 거침없이 불길을 헤치고 방으로 들어가 나를 안고 나왔다. 아저씨의 품에 안겨 내가 밖으로 나오자 사람들은 박수를 치고 환호성을 질렀다. 나는 발만 동동 구르며 까무러치기 직전이던 어머니 품에 안겼다. 어머니는 안도의 한숨을 내쉬었고, 나는 울음을 터트렸다. 그제야 무슨 일인지 알았던 것이다. 소죽을 쑤다가 불꽃이 날렸고, 그 불꽃이 초가지붕에 붙어 불이 났다고 했다.

초가집은 쥐들의 놀이터이기도 했다. 낮엔 조용하던 천장에 밤이면 쥐들이 모여들어 뛰고는 했다. 그 바람에 식구들 모두 잠을 이루지 못하는 날이 많았다. 견디다 못해 이불을 박차고 나와 빗자루로 천장을 둥둥 두들기면 이내 조용해졌다. 하지만 그것도 잠시뿐, 쥐들의 놀이는 새벽까지 계속됐다. 다음 날 훤한 낮에 두 눈 부릅뜨고 쥐구멍을 찾아 단단히 틀어막았다. 그러면 하루 이틀은 조용했다. 그렇지만 그 고요함 역시 오래가지 못했다. 그런 초가집이 나는 싫었다. 하지만 초가집이 싫었던 더 큰 이유는 다른 데 있었다.

하루는 분교에 새로 부임하신 선생님이 가정방문을 하겠다고 했다. 나는 선생님이 도착하시기 오래전부터 마당을 쓸고 토방 마루를 닦았다. 하지만 아무리 애를 써도 낡은 초가집의 한계를 극복할 수는 없었다. 선생님이 오시자 나는 얼굴이 화끈거렸고, 어디론가 숨어버리고 싶었다. 이런 집에 산다는 사실이 그렇게 창피하게 느껴질 때도 없었다. 그렇다고 우리 집이 다 불편하고 위험하며 부끄러웠던 것만은 아니다. 동네 사람들의 사랑방이 됐고, 인정이 피어나는 장소도 됐다.

우리 집은 많은 사람이 지나다니는 길목에 있었다. 평소 사립문을 걸어 놓지 않아 집 안이 훤히 들여다보였다. 그런 까닭에 집 앞을 지나던 사람들은 곧잘 우리 집에 들어왔다. 사람들은 높은 벽에 성문처럼 큰 대문을 세운 옆집보다 우리 집이 더 편하다고 했다. 하지만 내 생각엔 사람을 반기고, 나누기를 좋아하던 어머니 덕이었다.

여름이 되면 어머니는 대소쿠리에 보리밥을 담아 바람이 잘 통하는 처마 밑에 걸어두었다. 시간이 지나면 밥이 고슬고슬해졌다. 점심때면 어머니는 나더러 걸어둔 보리밥을 내리라고 하면서 장독대에서 노란 된장을 푸고, 밭에서 갓 따온 풋고추를 씻은 후 토방 마루에 점심상을 차렸다. 그때 누구라도 지나가면 큰 소리로 불러 같이 밥을 먹었다. 대여섯이 되는 건 예사였다.

거친 보리밥과 단출한 반찬이었지만 동네 사람들이 모인 토방 마루에서는 웃음꽃이 피어나기 시작했다. 때맞춰 우체부나 엿장수가 지나가면 어머니와 동네 사람들은 한소리로 그들을 불러 같이 점심을 먹곤 했다. 우체부가 배달로 바빠 그냥 지나치면 일을 마치고 돌아오는 길에라도 꼭 불렀다. 엿장수는 밥값으로 엿을 나누어주기도 했다.

겨울이 되어도 이런 풍경은 이어졌다. 먹는 것이 보리밥에서 고구마로, 장소가 토방 마루에서 안방으로 바뀌었을 뿐이다. 인정이 넘치고, 추억이 깃든 산골 초가집이었다.

2/ 동백꽃 질 무렵

　산골 마을엔 봄이 더 빨리 왔다. 2월 초순만 돼도 따뜻한 바람이
불었고, 논두렁에서는 파란 새싹이 돋았다. 겨울 양식이 되었던 방 안
의 고구마도 거의 바닥을 드러냈고, 그나마 남아 있던 고구마 양쪽
끝에서 순이 나기 시작했다. 그때쯤 되면 우리 친구들이 가는 곳이
있었다. 뒷산 동백나무숲이었다.

　숲은 '옹꼴'이라 불렀던 뒷산 골짜기에 있었다. 그곳에는 유달리 파
랗게 반들거리는 잎이 달린 동백나무가 많았다. 적게 잡아도 수백 그
루쯤 됐다. 산을 일궈 만든 밭 바로 위쪽에 있어 가기도 좋았고, 눈에
도 쉽게 띄었다. 우리가 그곳에 간 이유는 동백꽃을 보기 위해서가
아니라 꽃 속에 든 꿀을 따먹기 위해서였다.

　동네 한가운데 살던 나는 동백꽃이 필 때가 되면 윗집에 사는 친구를

불렀다.

"재현아, 옹꼴 가자."

"엉, 알았어. 쬐끔만 기달려. 곰방 가께."

부르기가 무섭게 친구는 갈 채비를 하고 나왔다. 가는 길에 다른 친구 집에도 들렀다. 그러면 금세 네댓 명이 됐다. 우리는 무리를 지어 동백나무숲으로 갔다. 숲은 집에서 이십여 분을 걸으면 닿았다. 숲에 이르면 각자 흩어진 뒤 동백나무 한 그루씩을 골라 다람쥐같이 재빠르게 올라갔다. 나무에는 노랑 수술을 감싸고 있는 빨간 동백꽃이 흐드러지게 피어 있었다.

둥그런 꽃나무에 오르면 누가 먼저 따는지 내기라도 하듯 손을 쭉 뻗었다. 손끝에 닿는 예쁜 동백꽃을 따서 꽃 뒤쪽에 입을 대고 힘주어 빨았다. 그러면 달콤한 꿀이 나왔다. 혀 안쪽 끝으로 꿀이 쏙 들어와 목젖을 타고 넘어갈 때의 그 부드럽고 달콤한 맛은 황홀했다. 우리는 그것을 '동백청'이라고 했다. 설이 되면 조청을 만들어 쑥떡을 찍어 먹곤 했지만, 그 맛이 동백청과는 비교할 수 없었다.

그런데 이 동백청을 두고 경쟁자가 있었다. 동박새였다. 동백새라 불렀던 이 새들은 빨갛게 꽃이 필 때면 어김없이 날아왔다. 항상 우리보다 한발 먼저 와 있었다. 멀리서도 보이는 붉은 꽃이 새들을 부르는 것 같았다. 우리가 나무에 오르면 연초록 털을 한 동백새들은 '저 아이들이 우리 먹을거리를 빼앗아 간다'는 듯 신경질적으로 울어 댔다.

그렇지만 우리 친구들 역시 동백꽃이 주는 이른 봄 선물을 새들에게 다 양보할 수는 없었다.

그러던 언젠가 잊을 수 없는 일이 생겼다. 그해에는 평소보다 조금 늦게 옹꼴로 갔다. 아마 분교를 졸업할 무렵이었던 것 같다. 그날 역시 네댓 명의 친구들과 뒷산으로 올라갔다. 골짜기 입구에 들어선 뒤 익숙한 발걸음으로 매번 가던 동백나무를 찾았다. 한데 어떻게 된 일인지 꽃이 보이지 않았다. 너무 늦었나 싶어 걱정되기 시작했다. 숨을 죽이며 한발 한발 나아갔고, 이내 나무 가까이에 이르렀다. 그때 제일 앞서가던 친구 한 명이 놀란 듯 우리에게 손짓하며 외쳤다.

"와아~ 아야 아그들아, 저그 잔 봐봐!"

"머, 머간디 그라냐?"

고개를 들어 그가 가리키는 곳을 바라보았다. 그 순간 나는 입이 떡 벌어지고 말았다. 무수히 많은 붉은 꽃송이가 둥그런 원을 그리며 나무 아래에 떨어져 있었던 것이다. 마치 잘 익은 홍시들이 땅바닥 가득 뒹굴고 있는 것 같기도 했고, 붉고 탐스런 모란이 바닥을 꽉 채우고 있는 듯도 했다. 수차례에 걸쳐 봐왔던 터지만 동백꽃이 그렇게 많이 떨어져서 아름다운 광경을 연출하고 있는 모습은 처음이었다.

눈앞에 펼쳐진 그 멋진 모습을 본 나는 넋을 잃은 채 한동안 서 있었다. 잠시 후 조심스럽게 꽃 잔치가 벌어지고 있던 바닥 안쪽으로 들어갔다. 꽃들을 밟는 것이 마음에 걸렸지만 피하기엔 너무 많았다.

이윽고 자리에 앉아 두 손으로 그 붉은 꽃들을 들었다. 손에서는 부드러운 촉감이 느껴졌고, 바닥에서는 끈적끈적한 청이 흘렀다.

꽃송이 뒤끝을 빨았다. 나무에 열린 꽃과는 달리 시든 꽃에서는 청이 많이 나오지 않았다. 꿀이 없는 꽃을 빠는 건 맛도 재미도 없어 그만두었다. 이어 꽃송이들을 그러모아 공중으로 흩뿌렸다. 바람에 하늘하늘 흩날리다 떨어지는 벚꽃과는 달리 뭉툭한 동백 꽃송이는 곧바로 땅에 떨어졌다. 그렇게 몇 번을 하고 나자 그 역시 지루해졌다.

우리는 마을로 내려가기로 하고 조심조심 꽃밭에서 나왔다. 나는 떠나기 전 마지막으로 붉은 양탄자 같은 꽃무더기 밖에 섰다. 나무 밑에 떨어져 뒹굴던 그 붉고 예쁜 꽃송이들이 선명하게 보였다. 끄트머리가 시들어가는 꽃잎들도 많았다. 수십 걸음을 걸어 내려가다가 다시 뒤돌아보았다. 둥근 테두리 선은 흐릿해졌고, 꽃송이들도 희미해졌다.

한데 처음 볼 때 그렇게 예쁘고 아름답게 느껴지던 꽃송이들의 향연이 점차 슬픈 느낌으로 다가왔다. 화려한 모란이 질 때처럼 가슴 한쪽이 아려왔다. 마치 첫사랑 그녀와 이별하는 느낌 같았고, 이별하던 그때가 떠올랐다. 그 슬픈 순간을 되새기며 다시 걸었다.

오솔길로 접어들어, 터벅터벅 내려오는 발걸음에는 아쉬움이 섞였다. 그때 친구 한 명이 말했다.

"아그들아, 맹년에는 쬐깐 더 빨리 와야 쓰겄다야."

"그랑께 말이여. 담번엔 빨리 와서 꼭 꿀 따먹자잉."

그러고는 다들 그 예쁜 꽃밭을 까맣게 잊어버리기라도 한 듯 앞을 다투며 달렸다.

시간이 흘러 중학생이 되었다. 다짐과는 달리 더는 그 동백나무숲에 가지 못했다. 이후 어른이 되어 고향에 갈 때마다 그 숲을 찾아보고 싶었지만 마음뿐이었다. 그 아쉬움 때문인지 지금도 겨울 추위가 가고 남녘의 봄소식이 들리면 마음은 벌써 동네 뒷산 동백나무숲으로 달려가곤 한다. 나무 위에서 붉게 피어 다디단 청을 주고, 나무 아래에 떨어져 그림처럼 아름다운 풍경을 선물해주다가 슬프게 시들어가던 동백꽃이 그립고 그리워서다.

3/ 싸리비

어느 봄날, 초등 분교 뒷산으로 어린 학생들이 무리를 지어 오르고 있었다. 손에는 필기구 대신 나무를 베는 도구가 들려 있었다. 산을 오르는 아이들의 목적은 자연 관찰학습이나 곤충채집이 아니었다. 읍내 학교와의 자매결연식 때 주고받을 신물용 빗자루를 만들 싸리 나무를 베는 것이었다.

6학년이 되자 선생님이 새로 오셨다. 읍내 큰 국민학교(초등학교)에서 근무했다고 했다. 읍내에서 오셨다는 말을 들으니 뭔가 좀 달라 보였다. 자신감에 차 있던 선생님은 몇 가지 새로운 일을 벌이셨다. 그중 하나가 본인이 근무했던 학교와 자매결연을 맺는 것이었다. 우리 분교와 읍내 학교가 형제처럼 서로 오고 가며 친하게 지내는 것이라고 했다.

봄이 무르익던 어느 날, 수업이 끝나자 선생님이 나를 포함한 6학년 몇 명을 불렀다.

"애들아, 곧 있으면 읍내 학교에서 자매결연식을 할 것인디, 그때 선물을 교환할 거거덩. 우린 뭘로 하면 좋것냐?"

"……."

생각지도 못했던 선생님의 물음에 우리는 아무런 대꾸도 하지 못했다. 그러자 선생님이 "싸리비를 만들믄 어떠까?"라고 하셨다. 선생님은 두메산골 학교의 특징을 살릴 수 있는 좋은 선물이 될 것 같다고 하면서 즐거워하셨다. 싸리나무는 직접 베어 오자고 하셨다. 그렇게 해서 학교 뒷산에 오르게 된 것이다.

나무를 베어 온 다음 날부터 수업이 끝나면 싸리비를 만들기 시작했다. 아버지가 만들 때는 쉬워 보였던 싸리비 만드는 일은 생각처럼 쉽지 않았다. 낑낑대며 용을 썼지만 별 진전이 없었다. 결국 그 일은 학교에서 선생님의 보조 업무를 해주시던 소사 아저씨의 몫이 됐고, 우리는 대신 곁에서 잔심부름을 하게 됐다.

소사 아저씨는 땀을 뻘뻘 흘려가며 싸리나무를 추리고 다듬더니 마침내 열대여섯 개의 멋진 빗자루를 만드셨다. 우리는 그것을 가랑이 사이에 넣고 하늘을 나는 놀이를 하거나 칼싸움을 하듯 장난을 치다가 아저씨한테 혼이 나고는 한구석에 가지런히 모아두었다.

결연식 날이 다가왔다. 선생님이 전교 회장이던 나와 6학년 반장이던 다른 친구가 결연식에 대표로 갈 거라고 알렸다. 예상은 했지만, 막상 대표로 선정되니 돌덩이가 가슴을 짓누르는 듯했고, 몹시 불안해지기 시작했다. 태어나서 읍내에 나가본 적이 한 번도 없었기 때문이다.

며칠이 더 지나 드디어 결연식 날이 되었다. 도시에 나간 누나가 보내 준 옷을 입고 학교에 갔다. 운동장에는 어른 몇 명이 경운기를 대고 있었다. 어른들이 빗자루를 다 싣자 탈 탈 탈 소리를 내며 경운기가 읍내를 향해 출발했다. 우리는 선생님과 먼 길까지 나가 읍내로 가는 버스를 탔다.

학교에 들어서니 큰 교문과 넓은 운동장이 먼저 눈에 들어왔다. 수십 걸음을 더 가니 으리으리한 건물이 우리를 압도했다. 우리는 완전히 기가 죽은 채 병아리들이 어미 닭을 따라가듯 선생님의 뒤를 졸졸 따라 건물 안으로 들어갔다. 우리 분교에서는 볼 수 없었던 건물이었다. 이윽고 선생님 한 분이 우리를 맞더니 교장실로 안내했다. 이어 나이가 많아 보이는 교장 선생님이 우리 선생님과 반갑게 인사를 나눴다.

"김 선생, 어서 오게. 잘 지내고 있능가?"

"예. 교장 선생님, 잘 계셨습니까요?"

교장 선생님은 우리에게도 인자한 웃음을 건넸다. 하지만 그 웃음 뒷면에서는 시골아이들을 대하는 도시 사람 특유의 우월의식이 엿보였다. 교장 선생님과 인사를 나누는 사이 읍내 학교 대표가 들어왔다.

뒤이어 사람들이 뭔가 빼곡히 들어 있는 박스를 들고 들어 왔다. 흘끔 넘겨다보니 공책과 연필 같은 학용품이 보였다.

우리도 서로 인사를 나눴다. 조금 있으니 경운기 소리가 들렸다. 우리 선물인 싸리비가 도착한 것이었다. 경운기 아저씨가 싸리비를 운동장에 내리는 것이 창밖에서 보였다. 아저씨는 그중 몇 개를 교장실로 가져왔다.

우리 선물이 들어오자 공식 행사가 진행됐다. 식순에 따라 선물을 교환했다. 읍내 학생들은 예상대로 학용품을 내밀었다. 우리는 싸리비를 들었다. 그걸 본 그쪽 학생대표의 얼굴에서 묘한 미소가 번졌다. 그는 터져 나오는 웃음을 억지로 참는 듯했고, 우리를 마치 구석기 시대의 아프리카 유인원쯤으로 보는 듯했다.

그 야릇한 웃음을 보는 순간 나는 얼굴이 화끈거렸다. 부끄럽고 창피한 마음을 감출 수 없었다. 소를 끌고 가다 길가에서 선생님을 만났을 때 느꼈던, 혹은 속옷도 입지 않은 채 냇가에서 멱을 감다가 좋아하던 여학생을 만났을 때 느꼈던 부끄러움과는 차원이 달랐다. 갑자기 싸리비를 선물로 주자고 했던 선생님이 원망스러워졌다. 이후 일은 잘 기억도 나지 않는다.

상당한 시간이 흘렀다. 우여곡절 끝에 나는 읍내 중학교에 진학하게 됐다. 각지에서 많은 학생들이 모인 큰 중학교였지만 읍내에 있는 두 초등학교를 나온 학생들이 주류를 이루었다. 반면 나를 포함한 분교 출신 학생은 다섯 명에 불과했다. 공부는 말할 것도 없고, 숫자 면에서 상대가 되지 않았으니 우리는 '꿔다 놓은 보릿자루'나 싸리비처럼 있으나 마나 한 존재였다.

동백꽃이 지고 하얀 목련이 필 무렵, 중학교 건물 복도에서 당시의 초등학교 대표를 우연히 만났다. 그는 나를 알아보지 못하는 것 같았다. 물론 나는 금세 알아보았다. 그의 얼굴과 이름을 잊을 수가 없었다. 내가 알은체하자 그는 무슨 일인가 싶어 어리둥절했다. 하지만 나는 아무 말도 하지 못했다. 오히려 나를 알아보지 못하는 것 같아 다행이라는 생각을 하며 얼른 고개를 돌린 채 복도를 걸어 나왔다.

그 후에도 몇 번 더 만났다. 친구가 될 만한 기회도 있었다. 하지만 나는 손을 내밀지 못했다. 읍내에서 자취하며 겨우 학교에 다니는 가난한 산골 소년에게 그럴 만한 용기나 배짱은 없었다. 마음은 여전히 분교 촌놈에 머물러 있었기 때문이다.

싸리비로 인한 나의 열등의식은 중학교를 졸업하고 고등학교를 거쳐 대학에 진학할 때까지도 가시지 않았다. 심지어 사회에 진출할 때까지도 가슴 깊은 곳에 남아있었으니, 영원히 사라지지 않을지도 모르는 일이다. 그날의 충격과 자존심의 상처는 그토록 컸다.

어쩌면 나는 그 열등의식과 자격지심을 자양분 삼아 성취를 위해 살아왔는지도 모른다. 열등의식이 때론 큰 힘이 되는 법이니 말이다. 창피했던 그 일은 어느 순간 더는 슬픔이란 감정으로만 머물지 않고 세상을 살아가면서 어려움을 이겨내는 힘이 되었던 것 같다. 내가 방송국에 입사한 것도, 세계의 수도 격인 워싱턴 D.C에 간 것도 그 힘 덕분이 아니었을까 싶다. 땅끝 해남 옥천면 용동분교 뒷산에서 꺾어 만들었던 싸리비의 힘 말이다.

4/ 멱감기와 용둠벙

"태일아, 가뫼둠벙 가자."

"엉, 쪼메만 기달려. 곰방 가께."

"재현이랑 수현이 같이 데꼬 와라잉."

불볕더위가 내리는 한여름, 동네 친구들 몇 명과 함께 점심 먹기가 무섭게 둠벙으로 갔다. 냇가에 생긴 웅덩이를 말하는 둠벙은 마을에서 냇가 쪽으로 이십여 분쯤 올라가면 있었다. 한쪽은 밭이었고, 다른 한쪽은 논이었다. 가뫼둠벙이라 불렀던 이 아담한 둠벙의 깊이는 목까지 차는 정도였고, 물은 더없이 파랗고 시원했다. 무더운 여름에 멱 감으며 놀기엔 안성맞춤이었다.

우리가 도착하면 대개는 형들이 먼저 와있었다. 조금 있으면 동생들도 왔다. 주로는 남자애들이 왔지만 가끔은 여자애들도 왔다. 남자애들끼리만 있을 땐 속옷도 입지 않고 그냥 물속에 들어갔다. 여자애들은 옷을 그대로 입고 들어갔다. 자리는 오는 순서대로 제일 위에서부터 앉았다. 바닥에 까는 것은 납작한 돌멩이가 전부였다.

우리는 둠벙에 도착하기도 전에 윗옷을 벗어 손에 들었고, 준비운동도 없이 그대로 물속으로 뛰어들었다. 물속으로 들어가면 누가 깊은 곳에 들어가서 숨을 오래 참나 내기를 했다. 그러면 밖에 있는 아이들이 숨죽이며 지켜보다가 제일 늦게 나오는 사람에게 박수를 쳐주고 환호성을 질렀다. 헤엄치는 것을 따로 배우지 않았지만, 저절로 물 위에 떴고, 멀리까지 갈 수 있었다.

그렇게 수십 번을 해서 재미없다 싶으면 높은 바위 위로 올라가 뛰어내리곤 했다. 한 명이 뛰어내리면 뒤이어 다른 한 명이, 또 다른 한 명이 줄을 지어 뛰어내렸다. 간격을 두지 않고 빨리 뛰어내리는 바람에 다른 아이 머리나 등으로 뛰어내리는 일도 흔했다. 가끔은 자기 키 높이보다 얕은 곳으로 뛰어내려 다치기도 했다. 그러다 지치면 밖으로 나와 돌멩이를 깔고 앉아 쉬었다. 그때 입술은 멍이 든 것처럼 퍼렇게 변해 있었다.

한번은 이런 일도 있었다. 여름방학을 얼마 남겨두지 않은 수업 시간이었다. 아침부터 땡볕이 내리쬐고 있어 몸은 축 늘어졌고, 수업은 따분했다. 이윽고 점심시간이 됐다. '멱 감으러 둠벙이나 갔으면' 하는 생각이 불쑥 머리를 스쳤다. 학교에서 둠벙까지는 가까운 거리가 아니었다. 빨리 걸어도 30여 분은 족히 걸렸다. 하지만 일단 마음먹으니 꼭 가야겠다는 생각이 들었다. 아이들 몇을 부추겼다.

"아야 아그들아, 우리 점심 묵고 멱 감으로 갈래?"

"어디로야?"

"가뫼둠벙으로."

"그렇게 멀리 갈 수 있으까?"

"빨리 갔다 오면 되지 안겄냐?"

"그래."

"그라자."

"그거 좋다야."……

남자애들은 말할 것도 없고 뜻밖에 여자애들까지 따라나섰다. 그걸 본 소사 선생님이 놀라 물었다. "느그들, 그라고 많이 어디 가냐? 곧 오후 수업할 것인디." 나는 "요 앞에 나갔다 금방 오께요."라고만 대답하고 교문을 나섰다. 선생님 몰래 얼추 서른 명이 넘는 학생이 그렇게 논둑길을 따라 둠벙으로 가게 됐다.

한낮의 가마솥더위 아래서 빠른 걸음으로 둠벙에 도착하니 땀이 비 오듯 흘렸다. 우리는 물 본 제비처럼 거침없이 물속으로 뛰어들었다. 그런데 많은 숫자가 한꺼번에 헤엄을 치게 되니 여기저기서 서로 엉겼다. 물을 먹는 아이들이 있었고, 콜록콜록하며 먹은 물을 게워내는 아이들이 곳곳에서 눈에 띄었다.

물이 얕은 쪽에서는 대여섯 명이 한 덩어리가 된 채 물장구를 쳤다. 연거푸 날아오는 물로 눈을 뜨지 못하는 아이들은 등을 돌리고는 두 손으로 얼굴을 훔쳤다. 견디다 못해 물속으로 들어가면 상대 아이는 위에서 등을 누르다가 같이 물속으로 들어갔다. 그때 옆에서는 남자애들이 한 여자애에게만 집중적으로 물을 끼얹는 바람에 여자애가 결국 울고 말았다.

한참을 그렇게 놀다 보니 지쳐갔고, 추위도 느껴졌다. 아이들이 하나둘씩 물 밖으로 나가는 게 보였다. 나도 밖으로 나와 뜨거운 햇볕에 물기를 말렸다. 그 순간 오후 수업 시작이 한 시간도 넘게 지난 걸 알게 됐다. 허겁지겁 옷을 걸쳐 입으며 큰소리로 외쳤다.

"아야 아그들아, 얼릉 학교 가야쓰겄다."

물속에 있던 애들도 서둘러 나왔다. 물에 젖은 개가 몸을 흔들 듯 머리를 흔들어 물기만 대충 털어내고 얼른 학교로 다시 돌아갔다. 속옷만 입었던 남자애들은 큰 문제가 없었다. 하지만 옷을 그대로 입고 물놀이를 했던 여자애들은 아직 젖어있었고, 너무 오래 있었던 탓에 덜덜 떠는 애들도 있었다.

물에 빠진 생쥐들 같은 모습을 하고 학교에 도착했다. 교실에서 기다리고 있던 선생님이 날 불렀다. 매우 엄하셨던 분이라 속으로는 '이제 죽었구나' 생각하며 나갔다. 선생님은 수업 시간에 멱을 감으로 간다는 게 말이나 되냐면서 야단쳤다. 하지만 예상 밖으로 크게 혼내지는 않았다. 다시는 그러면 안 된다면서 반성문만 쓰라고 했다. 천만다행이었다. 학교가 끝난 후 교실에 혼자 남아 반성문을 쓰고 집으로 왔다. 어머니에게 혼날 게 뻔했지만, 수업을 빼먹고 멱 감던 일을 생각하니 입꼬리가 양옆으로 살짝 올라갔다.

일주일쯤 지나자 방학이 시작됐다. 더는 멱 감는 장소나 시간에 거리낄 것이 없었다. 동네 또래들 몇 명과 함께 더 멀리 가기로 하고 집을 나섰다. '용이 하늘로 올라갔다'는 용둠벙에 가기로 한 것이다. 용둠벙은 높은 두륜산 계곡물이 흐르는 산속 깊은 곳에 있었다. 우리는 물을 먹기 위해 계곡으로 내려온 고라니 떼가 놀라 달리듯 겅둥겅둥 뛰면서 올라갔다. 이내 푸른 색깔의 둠벙이 나왔다. 말로만 듣던 그 용둠벙이었다.

둠벙 가까이 가자 신비스러움이 느껴졌고, 푸른빛에서 접근하기 어려운 어떤 기운이 느껴졌다. 주변을 맴돌며 살피다 마침내 용기를 내 조심조심 깊은 곳으로 들어갔다. 물이 서서히 깊어지는가 싶더니 발이 갑자기 쑥 들어갔다. 덜컥 겁이 났다. 다시 물 밖으로 나갔다. 두려움이 밀려왔다. 한참을 망설이다 한 줄로 서서 다시 들어갔다. 서서히 깊은 곳까지 헤엄쳐 갔다. 가뫼둠벙 같았으면 발이 닿는 데까지 내렸겠지만 그럴 수 없었다. 목만 물 밖으로 내놓고 발을 저으며 물에 떠 있었다. 무언가 발목을 잡아당기는 것 같았다.

그때 어른들 몇 명이 오더니 우리를 나무랐다.

"야들아, 느그들 여그서 머하냐? 얼릉 나와라. 여그는 들어가는 데가 아녀. 깊어서 큰일 난다. 그라고 여그는 용이 나오는 데랑께. 그랑께 들어가면 안 돼야."

서둘러 나왔다. 그늘지는 돌 위에 앉아서 다시 한번 둠벙 주변을 둘러보았다. 용이 나온다는 말을 직접 들어서인지 더 깊고 신비스러워 보였다. 우리는 그만 내려가기로 했다. 돌아서 내려오는 길에 오금이 저렸다. 집에 와서 그날 일을 어머니에게 말했다. 어머니는 거기는 신성한 곳이니 들어가지 말라고 했다.

용둠벙 갔던 일은 오랫동안 머릿속에 남았다, 그 기억 때문인지 살아가면서 용을 떠올리는 일이 많았다. 태어나고 살았던, 용의 형상을 닮아 붙여졌다는 용동(龍洞)마을의 의미도 곰곰이 생각해 보곤 했다. 그러다 아무도 모르게 승천하는 용을 꿈꾸기도 했다.

시간은 쏜살처럼 흘렀다. 40대의 어느 여름날, 고향 다녀오던 길에 용둠벙 주변을 지나게 됐다. 함께 갔던 어머니에게 한 번 들려서 가자고 했다. 어머니도 좋다고 했다. 길을 찾았더니 '식수원 보호구역'이라는 안내문과 함께 출입문이 자물쇠로 굳게 잠겨있었다. 방법이 없었다. 예전의 그 신비한 둠벙을 보지 못하는 게 아쉬웠다. 사진 자료를 검색해 보았지만, 그마저 찾아볼 수 없었다.

서운함을 뒤로한 채 차에 오르니 어머니가 "용둠벙이 큰물져서 다

메꿔져부렀다는 얘기를 들은 것 같다야."라고 했다. 안타까운 일이
아닐 수 없었다. 그 이야기의 사실 여부를 떠나 다시는 가지 않겠다고
마음먹었다. 비록 없어지거나 훼손됐다고 해도 마음속에서만큼은 그
신비하고 신성한 모습을 간직하고 싶었기 때문이다. 승천했다는 용을
상상하면서 말이다.

5/ 팥칼국수와 별 헤던 여름밤

한여름이 되면 마당에서 저녁을 먹었다. 저녁 먹을 준비는 마당 한가운데 덕석(멍석)을 펼치는 데서 시작됐다. 그 옆에는 모깃불을 피웠다. 저녁은 대부분 팥칼국수였다. 우리는 팥죽이라 불렀다. 동짓날 먹는 팥죽은 동지죽 혹은 새알죽이라 했다.

팥죽은 어머니나 누나가 끓였다. 점심을 먹고 나면 어머니는 팥을 솥에 넣고 삶았다. 그러고는 밭에 나가 해가 질 무렵까지 고구마 순을 따거나 고춧대를 손보았다. 날이 어둑해지면 집에 돌아와 팥죽을 쑤기 시작했다. 어머니나 누나에게 팥죽 쑤는 것은 그리 어려운 일이 아니었다. 거의 매일 하는 일이다 보니 눈감고도 할 정도였다.

먼저 삶아둔 팥을 체에 쳐서 국물을 냈다. 그런 다음 밀가루 반죽을 했다. 반죽이 숙성되면 방망이로 밀었고, 식칼로 두툼하게 썰어

국수를 만들었다. 국수가 완성되면 곡식을 까불던 치(키)에 흩뿌리듯 펼친 뒤 팥 국물이 보글보글 끓고 있던 솥에 넣고 저었다. 검붉은 팥 국물 속에서 국수가 익으면 큰 대접에 담아 상에 올렸다. 내가 그 상을 들어 마당으로 옮겼다.

논에 가서 피를 치거나 밭일이 많은 날은 칼국수 대신 수제비를 먹었다. 반죽을 밀어 국수를 만들 시간이 없었기 때문이다. 반죽을 손으로 떼서 팥 국물이 끓고 있던 솥에 넣으면 팥수제비가 됐다. 우리는 띤(뗸)죽이라고 했다. 당시 수제비라는 말은 알지 못했고, 우리 집에서만 먹는 것이라고 생각했다. 수제비라는 말은 서울에 와서야 알게 됐다. 무슨 말인지 알아듣지 못한 채 날아다니는 '제비'인 줄 알고 딴소리를 했던 웃지 못할 일도 있었다.

팥은 밭에도 심었지만 주로 논두렁에 심었다. 모내기가 끝나면 논둑에 일정한 간격을 두고 조그맣게 구멍을 팠다. 그곳에 팥을 두세 알 놓고 난 후 흙으로 덮었다. 그러면 금세 싹이 났고, 잘 자랐다. 주기적으로 벼에 기름도 주고 논둑 풀도 뽑아주었으니 팥 순을 키우기 위해서 별도로 신경 쓸 필요가 없었다. 한여름이 되면 큰 줄기가 된 팥 순은 벼보다 더 파라면서 탐스럽게 자랐고, 가을이 되면 앙증맞은 모양의 검붉은 팥들이 누렇게 변한 깍지 속에 옹기종기 모여앉아 있었다.

온 가족이 마당 덕석 위에 둥그렇게 앉아 팥죽을 먹으면 큰 그릇이 순식간에 비워졌다. 아버지나 형들은 말할 것도 없고 나도 거의 매번 한 그릇씩 더 먹었다. 팥칼국수를 먹을 땐 소금 대신 설탕을 넣었다. 마파람에 게 눈 감추듯 팥죽을 다 먹으면 내가 다시 상을 들어냈고, 어머니와 누나가 설거지를 했다. 설거지가 끝나면 어머니와 누나가 다시 마당 덕석으로 나왔다. 그때부터 라디오 연속극을 듣거나 도란도란 이야기를 나누곤 했다. 그러다 밤이 깊어지면 하나둘씩 방으로 들어갔다.

나는 방에 들어가는 대신 동네를 한 바퀴 돌고 온 후 덕석 위에 올라가 팔베개를 하고 누웠다. 밤하늘에서 무수히 많은 별들이 파랗게 반짝이는 것을 볼 수 있었다. 별똥별이 떨어지는 것을 보는 일도 흔했다. 별똥별이 떨어지면 사람이 죽는다는 얘길 들었던 터라 혹시 누군가 죽지는 않을까 걱정스러워지기도 했다.

기름이 아까워 불을 끄면 별들은 더 파랗게 반짝였다. 오랜 세월이 흐른 뒤 몽골 초원과 히말라야 안나푸르나, 아프리카 킬리만자로에서 본 별빛도 그때 산골 초가집 마당에서 본 것보다 더 푸르고 더 환하게 빛나지는 않았던 것 같다.

혼자 누웠다가 밤이 더 깊어가면 자리에서 일어나 덕석을 말았다. 이윽고 둥그렇게 만 덕석을 처마 밑에 비스듬히 세워놓고 방으로 들어갔다. 어떤 날은 북극성과 북두칠성, 큰곰자리 등 별자리를 찾다 덕석 위에서 그대로 잠이 드는 일도 있었다. 그러면 밤이슬에 옷이며 살갗이 젖어 축축해졌다. 어머니는 "밤이슬 맞으면 몸에 해롭다잉."라며 방에 들어와 자라고 목소리를 높였다. 하지만 나는 별이 빛나는 밤하늘을 보다가 잠드는 것이 더 좋았다.

다음 날 아침엔 새벽같이 일어났다. 남은 팥죽을 먹고 싶어서였다. 팥죽은 아침엔 딱딱하게 굳어있었지만 막 끓였을 때와는 또 다른 맛이 났다. 일어나자마자 먹는 죽은 그 자체로 별미였다. 혹여 조금 늦게 일어나면 빈 그릇만 남아 있을 때가 많았다. 먼저 일어난 형들이 다 먹어버린 것이다. 그럴 땐 속이 상해 울기도 했다. 그렇듯 죽을 먹지 못한 날 밤엔 다음 날 아침만큼은 형들보다 더 일찍 일어나겠다고 단단히 벼르며 자곤 했다. 그렇게 산골의 여름은 갔다.

지금도 팥칼국수를 먹곤 한다. 주로 집에서, 그것도 여름에 먹는다. 꼭 설탕을 넣는다. 내론 시인들도 초대한다. 그때는 배를 채우기 위한 한 끼였지만 지금은 마음을 채우는 한 끼가 된 게 다르다. 음식이 아닌 추억을 먹는 것이다. 보통은 아내가 끓이고 내가 차린다. 그러면 산골 초가집의 앞마당이 떠오른다. 맛있는 팥칼국수를 먹고, 밤하늘의 푸른 별을 헤던 여름밤의 앞마당이 말이다. 그 여름밤은 행복했다.

6/ 첫사랑
- 산골 소년의 사랑 이야기

산골 분교에 봄이 오고, 6학년이 되었다. 운동장 한쪽 면의 논에서 청보리가 노랗게 익어갈 무렵이 되자 중간시험을 쳤다. 며칠 뒤 선생님이 성적표를 나누어 주면서 운동장에 순서대로 서라고 했다. 3등까지는 모두 여학생이었고, 다음이 나였다. 친구와 공동 4등이어서 누가 앞에 서야 할지 잠시 고민됐다. 좀 창피하긴 했지만 내가 앞에 섰다. 보통 때 내가 앞섰기도 했지만, 그보다는 3등을 한 여학생과 가까이 있고 싶은 속셈이 더 컸다.

선생님이 1등과 꼴등을 짝지을 거라는 얘기가 돌았다. 하지만 나는 성적순으로 앉게 할지도 모른다는 생각을 했다. 그렇게만 되면 그녀와 한자리에 앉을 수 있겠다는 셈법도 나름대로 있었다. 나의 예상은 적중했다. 순간 속으로 쾌재를 불렀다. 1등을 했을 때보다도 기뻤다.

그녀와 앞뒤로 앉아 본 적은 있어도 같이 앉게 된 것은 그때가 처음이었다.

같은 책상과 걸상을 쓰게 되면서 우린 책을 한 권으로 봤고, 쉬는 시간이 되어 친구들이 밖으로 나가 놀 때도 교실에 남았다. 편을 먹고 놀이를 할 때는 손을 꼭 잡고 다니기도 했다. 체육 시간에 피구를 할 때면 한편이 되기 위해 남모르게 눈길을 주고받았다. 내가 공을 찰 때는 그녀가 날 보며 응원하고 있다는 것을 느낄 수 있었다.

받아쓰기가 우리를 하나로 묶어주기도 했다. 그녀와 나는 좋은 점수를 받곤 했다. 친구들이 나머지 공부를 할 때 둘이서만 집으로 돌아오는 일이 많았다. 그녀가 다른 일이 있어 늦기라도 하면 나는 운동장 한구석에 앉아서 기다렸다. 그러면 얼마 지나지 않아 그녀가 나왔고, 우리는 같이 집으로 왔다.

학교에서 마을까지 돌아가는 길은 2km 남짓했다. 신작로라고는 해도 사람이 잘 다니지 않는 시골길이었다. 덕분에 오롯이 우리 둘만의 시간과 공간이 됐다. 혼자 갈 때 그 길은 멀고 지루했지만, 같이 갈 때는 짧고 즐거웠다.

그녀를 보는 데 소(牛)가 매개체 역할을 하기도 했다. 어머니는 나에게 소꼴을 꼭 논 근처에서 먹이라고 했다. 혹여 논에 무슨 일이 생기지 않나 지켜봐야 했고, 그곳에 싱싱한 풀이 많았기 때문이다. 어머니의 뜻대로 논도 지키고, 소꼴도 먹이기에 그보다 더 좋은 곳은 없었다.

푹푹 찌는 한여름에 혼자 소에게 두세 시간씩 꼴을 먹이는 건 몹시 지루한 일이었다. 하지만 다 먹이고 나서 집으로 돌아갈 때가 되면 그녀를 볼 수 있다는 기대감으로 가슴이 뛰었다. 우리 논이 그녀의 집 앞을 지나가는 길에 있었기 때문이다. 그녀의 집 언저리에 접어들기만 해도 나의 머리와 가슴엔 행복감이 밀려왔다.

그녀를 마음에 두고부터는 그 싫던 논일마저도 기다려졌다. 손수레를 끌고 논에 가다 보면 그녀의 집을 지나치게 됐고, 그럴 때마다 나도 모르게 고개를 돌려 뜰 안을 살펴보았다. 그러면 서너 번에 한 번은 그녀의 얼굴을 볼 수 있었다. 어떨 때는 두어 번씩 지나다녔고, 운이 좋으면 지날 때마다 보기도 했다. 그런 날은 마치 실성하기라도 한 것처럼 혼자 웃곤 했다. 부모님과 같이 갈 때면 혹여 속마음을 들킬까 봐 조바심을 내면서도 슬며시 훔쳐봤다.

TV가 우리 만남의 중간 역할을 하는 일도 많았다. 당시 우리 집을 포함한 대부분의 집에는 TV가 없었다. 반면 형편이 꽤 좋았던 그녀의 집에는 있었다. <소머즈>나 <수사반장> 같은 프로그램을 방송하는 시간엔 거의 빼놓지 않고 친구들과 그녀 집으로 갔다. 친구들은 텔레비전이 목적이었지만 난 그녀를 보는 게 목적이었다.

여름 한낮에 멱을 감는 일은 그녀를 보는 데 있어 더없이 좋은 기회였다. 정수리를 태울 듯 이글거리는 햇볕이 내리면 우리는 동네 어귀 소나무밭에 모여 냇가 둠벙(웅덩이)에 나가 멱을 감곤 했다. 보통은 남자애들만 갔지만, 가끔은 여자애들도 갔다. 언젠가 한 번은 그녀도 같이 갔다. 나는 멱을 감는 즐거움보다 그녀를 보는 즐거움에 들떠있었다.

그러던 중 친구들이 집중적으로 그녀를 향해 물장구를 치는 모습을 보게 됐다. 그녀가 곤욕을 치르는 것을 보던 나는 가만히 있을 수가 없었다. 급기야 그들 틈으로 들어가 말리기 시작했다. 하지만 친구들은 멈추지 않았고 끝내 우리는 주먹다짐을 벌이고 말았다. 한참이 지나고 나서야 싸움을 멈춘 후 그녀의 어깨를 잡고 물 밖으로 나왔다. 물을 많이 먹어 입술까지 퍼레진 그녀의 얼굴을 보는 나의 마음은 안타깝기 그지없었다.

시냇물이 흐르듯 시간이 흘렀다. 무더운 여름이 가고 6학년 2학기가 끝나갈 무렵의 어느 날, 저녁밥을 먹던 중 부모님으로부터 충격적인 얘길 듣게 됐다. 그녀가 읍내 초등학교로 전학을 갈 거라는 얘기였다. 그녀의 아버지가 그녀를 좋은 학교로 진학시키기 위해 취한 방편이었다. 나는 애써 태연한 척했지만, 가슴이 무너져 내렸다. 그날부터 밥을 먹고 싶지도, 소꼴을 먹이고 싶지도, 공을 차고 싶지도 않았다.

그로부터 며칠이 지난 어느 날, 눈이 올 것 같은 겨울날이었다. 그날도 친구들, 형들과 메마른 저수지 논바닥에서 공을 차고 있었다. 한참을 뛰다 숨을 고르느라 논바닥 밖으로 잠시 나왔다. 그때 가족으로 보이는 한 무리가 지나가는 것이 보였다. 한눈에 그녀가 읍내로 가고 있다는 것을 알 수 있었다. 순간 머릿속이 하얗게 변했다. 때마침 희뿌연 하늘에서 눈발이 날리기 시작했다. 눈발은 점점 강해져 곧 함박눈으로 변했다. 더는 공을 차기가 어려워 모두 집으로 돌아가기로 했다.

서둘러 옷을 걸쳐 입고 발걸음을 옮겼다. 밀려오는 절망감을 애써 억누르며 중간중간 고개를 돌려 멀어져 가는 그녀의 뒷모습을 바라보았다. 그녀의 모습은 점점 희미해져 가다가 이내 사라지고 말았다. 한동안 가슴이 먹먹했다. 이윽고 두 눈에 눈물이 고였다. 슬픔과 서러움의 눈물이었다. 혼자 남겨진 것 같아 슬펐고, 가난한 처지가 서러웠다.

나의 첫사랑은 그렇게 떠났다.

7/ 봄이 오는 해남 산골 풍경

해남 산골의 봄은 개울에 먼저 왔다. 2월 초만 되면 겨우내 얼어있던 개울물 아래로 졸 졸 졸 물 흐르는 소리가 들리기 시작했다. 이내 갈라진 얼음이 개울물을 따라 아래쪽으로 떠내려갔다. 그러면 동네 이미니들이 허리춤에 빨래를 담은 마구니를 끼고 빨레디로 왔다. 때가 찌든 빨래를 납작한 돌 위에 놓고는 방망이로 힘껏 두들겼다. 그때 빨래터에서는 방망이 소리와 이야기 소리가 흥겹게 쉬었다.

빨래터는 빨래만 하는 곳이 아니었다. 그곳은 봄에 할 농사일이며, 누구누구네 집 혼사는 물론, 개가 새끼를 낳았다거나 언제 쑥을 캐러 가자고 하는 등 중요한 일에서부터 시시콜콜한 이야기까지 온갖 이야기가 넘치는 어머니들의 사랑방이었다.

뒷산 골짜기에서는 동백꽃이 빨갛게 피었다. 동백꽃은 겨울에도 조금씩 피었지만, 살랑살랑 봄바람이 불어오면 흐드러지게 피었다. 그러면 우리 또래들은 동백나무숲으로 가 꽃에서 나오는 꿀을 빨아 먹었다. 동백꽃이 질 때쯤이면 들녘에 청보리가 자랐다. 추운 겨울을 꿋꿋하게 버텨냈던 파란 보리 싹은 따뜻한 햇볕이 내리쬐면 더 짙은 파란색으로 들녘을 물들였다. 들판이 그림처럼 아름답던 때였다.

3월이 되면 앞산과 뒷산에 진달래가 꽃망울을 터트리기 시작했다. 연분홍 진달래가 피면 산으로 가서 진달래를 따 먹었다. 참꽃이라 불렀던 진달래는 동백꽃처럼 달달한 꿀은 없었지만, 혀끝에 감겨오는 느낌만은 최고였다. 약간은 떫은맛이 났지만, 우리는 한 해도 거르지 않고 산으로 갔다.

4월이 되면 자운영꽃이 들판 한쪽을 자주색으로 수놓았다. 어른들은 자운영꽃은 땅을 기름지게 한다고 했다. '붉은구름꽃' 자운영이 필 때면 벌들이 나타나 윙윙거렸고, 논은 점점 더 빨갛게 변해갔다. 자운영은 살아서는 예쁜 꽃으로 멋진 풍경을 만들어 주다가 갈아엎어진 뒤엔 땅을 비옥하게 만들어 곡식을 살찌우는 특별한 꽃이었다.

그러던 어느 날인가부터는 제비들이 날아와 지지배배 울어댔다. 봄이 왔다는 신호 중에서 그보다 더 확실한 신호도 없었다. 강남 갔던 제비들은 집에 오자마자 마당을 한 바퀴 날아돌았다. 그렇게 가족들에게 인사하는 듯했고, 곧 무논으로 날아가 조그만 진흙덩이를 물어오더니, 처마 밑에 집을 짓기 시작했다. 울룩불룩 앙증맞은 흙덩이를 이어붙인 집이었지만 단단하고 옹골찼다.

아버지는 제비집 아래에 받침대를 만들어 주었다. 제비는 곧 알을 낳아 품었고, 얼마 지나지 않아 너덧 마리 새끼가 울기 시작했다. 알에서 갓 깨어난 새끼 제비들은 유독 커 보이는 노랑 입을 벌리고 어미가 물어다 주는 벌레를 받아먹었다.

넓은 마당 한구석에서는 어미 닭이 병아리들을 데리고 노닐었다. 노란 병아리들은 혹여라도 무리에서 벗어날까 불안해하며 어미 닭 주변을 맴돌았고, 삐약삐약 소리를 내며 쉼 없이 모이를 쪼았다. 그 조그만 병아리들이 무얼 먹을까 싶었지만, 연약한 부리로 뭔가를 쉬지 않고 쪼아댔다. 한참 만에 다시 보면 병아리들은 한 뼘 정도씩 커 있었다.

뒤뜰 감나무 아래서는 어미 소가 쇠파리를 쫓기 위해서 연신 꼬리를 흔들었다. 그래도 여의치 않으면 뒷발길질을 했다. 어미소는 겨우내 내가 끓인 영양가 높은 소죽을 먹어 통통하게 살이 올랐지만, 아직 털갈이가 덜 끝난 탓에 부스스한 털이 군데군데 남아 있었다. 나는 쇠 빗으로 머리부터 꼬리까지 힘껏 눌러 빗겨주었다. 그러면 빗살에 털들이 가득 뽑혀 나왔고, 소는 시원하다는 듯 머리를 흔들었다.

갓 태어난 송아지는 혀를 날름거리며 부지런히 어미 소의 젖을 빨았다. 젖이 잘 나오지 않으면 어미 젖통을 주둥이로 세게 들이받았다. 화가 난 어미소는 송아지를 머리로 받으며 내쫓기도 했다. 송아지는 도망가는 척하다가 곧 돌아와 다시 젖을 빨았다. 어미소는 미안하다는 듯 젖을 물렸다. 송아지가 젖을 빨면 몽글몽글한 하얀 거품이 주둥이에 묻었다.

어미 소와 송아지가 벌이는 이 낯익고도 흥미로운 모습을 보며 아버지는 헛간에 가서 쟁기와 써레를 꺼내왔다. 곧 논을 갈아야 할 시기였고, 그러려면 쟁기와 써레를 손봐야 했기 때문이다. 잠시 후 마당에서는 쟁기를 두드리는 망치 소리와 써레 날을 가는 끌 소리가 울려 퍼졌다.

내 고향 해남 산골의 봄은 이렇게 왔다.

이야기 둘,
촌놈의 별스런 이야기

호랭이 담배 피던 시절

이야기 둘, 촌놈의 별스런 이야기
- 호랭이 담배 피던 시절

1/ 눈부신 봄날의 손님, 미영새

해남의 봄은 눈부셨다. 햇살은 은빛으로 반짝였고, 산에서는 개나리 진달래가 앞다퉈 꽃망울을 틔웠다. 마당에서는 새끼 오리들이 줄지어 달렸고, 들녘에서는 쑥과 냉이가 서둘러 고개를 내밀었다.

해마다 그때쯤이면 꼭 집으로 날아오는 새 한 마리가 있었다. 날개와 몸에는 하얀색과 청록색 등 서너 가지 색깔의 털이 조화를 이루며 섞여 있었다. 새는 키가 크면서 날렵했고, 아름다움을 뽐내기라도 하듯 사뿐사뿐 걸었다. 선녀가 있다면 저런 모습이 아닐까 싶었다. 우리는 이 새를 미영새라고 불렀다. 나중에 박새를 미영새라고 부른다는 얘기를 들었지만, 박새하고는 분명 다른 새였다.

새는 햇볕이 은은하게 퍼지는 봄날 오전 10시쯤에 왔다. 새가 앉은 곳은 헛간 앞 촉촉한 공간이었다. 공중에서 내려올 때면 무대를 나는 발레리나처럼 우아하게 내려앉았다. 나는 숨을 죽이고 그때를 기다렸다. 그러면 새가 날아와서 '나 여기 왔어요'라고 말하듯 고개를 높이 들었다.

며칠을 지켜보던 나는 새장 속에 가둬 키워야겠다고 마음먹었다. 새총이나 덫으로 새를 잡는 재미에 빠져있을 때였지만, 이 새만큼은 다치지 않게 사로잡아 기르고 싶었다. 며칠 동안 잡을 방법을 생각했지만 쉽게 떠오르지 않았다. 고민에 고민을 거듭하니 마침내 좋은 생각이 떠올랐다. 대소쿠리를 세우고 받침대를 괴어 잡기로 한 것이다. 소쿠리에 줄을 길게 달아 새가 안으로 들어가면 재빠르게 줄을 당겨 덮치는 계획이었다.

모든 준비를 마치고 실행에 들어갔다. 소쿠리 위에 돌멩이를 올려놓고, 새끼줄을 길게 매달았다. 그러고는 토방 마루에서 지켜보았다. 새는 나의 계획을 아는지 모르는지 같은 시간에 왔다. 그러나 좀처럼 소쿠리 안으로는 들어가지 않았다. 며칠을 기다리자 마침내 들어갔다. 줄을 힘껏 당겼다. 하지만 줄은 길었고, 동작은 느렸다. 새는 유유히 날아가고 말았다.

그렇게 날아간 새는 좀처럼 다시 오지 않았다. 물을 찾는 거북처럼 고개를 쭉 내밀고 며칠을 더 기다렸다. 그러자 어느 날 새가 나타났다. 같은 방법으로 시도했다. 수차례를 거듭했지만 실패하고 말았다. 봄은 그렇게 갔고, 새는 오지 않았다.

해가 바뀌고 다시 화창한 봄이 왔다. 미영새도 다시 왔다. 그 어떤 꽃, 어떤 손님보다 반가웠다. 새를 보는 순간 이번에야말로 반드시 잡고 말겠다며 단단히 별렀다. 두어 번을 더 시도했으나 실패했다. 그러자 어머니가 "새는 잡아 뭐 할 거냐? 그럴 시간 있으면 소깔(꼴)이나 베 와라."며 핀잔을 주었다. "집에 오는 짐승은 잡는 게 아니다."라는 말도 덧붙였다.

어머니 말을 듣고 며칠간 고민하다 결국 그만두기로 했다. 잡기도 어렵거니와 굳이 잡을 필요가 없다는 생각에 이르렀기 때문이다. 예쁜 미영새가 행여 다시 오지 않으면 낭패라는 생각도 들었다. 그러자 마음이 한결 편해졌고, 새는 그 자체로 아름다워 보였다. 이전에 초가집 처마 밑에 사는 새들을 사로잡아 키웠지만 끝내 죽고 말았던 기억도 떠올랐다. 앞으로는 그냥 보기만 해야겠다고 마음먹었다.

분교를 졸업히고 읍내 중학교에 기면서부터 더는 미영새를 보지 못했다. 하지만 해마다 봄이 되어 헛간 앞을 지날 때면 곱고 매력 넘치던 그 새가 떠오르곤 했다.

중학교를 마치고 고등학교 입학을 앞둔 어느 이른 봄날, 멀지 않은 곳에 사는 동갑내기 여 사촌을 통해 한 여학생을 알게 됐다. 이름이 '미영'이라고 했다. 사촌은 나와 잘 맞을 거라며 여학생의 사진을 보여주었다. 순간 한눈에 반하고 말았다. 어디서 본 듯 낯도 많이 익었다.

게다가 우아하고 순수해 보였다. 꼭 만나보고 싶었다. 사진을 거의 빼앗다시피 하고는 깊이 간직했다.

하지만 인연이 닿지 않았다. 그 사실을 눈치챈 어머니의 염려도 커졌다. 마지막 희망이던 막둥이가 혹시 공부를 소홀히 하지는 않을지 걱정된 것이다. 어머니는 사촌을 불러 야단쳤다고 했다. 혼이 난 사촌은 나를 피했다. 그런저런 이유로 여학생과의 관계는 진전되지 않았다.

고등학교를 마치고 산골을 떠나 서울로 왔다. 여학생도 서울에서 대학을 다닌다고 들었다. 한 번만이라도 꼭 만나고 싶었지만 희망사항일 뿐이었다. 세상의 모든 일이 그러하듯 여학생에 대한 기억은 점차 희미해져 갔다.

봄꽃이 지듯 시간이 흐른 후 가끔 산골 동네에 갈 때면 은빛 햇살이 내리던 봄날의 미영새가 생각나곤 했다. 미영이라고 했던 여학생의 이미지도 겹쳐졌다. 그러던 언젠가부터 재미있는 생각이 들기 시작했다. 미영새가 혹시 그 여학생과의 관계를 암시해준 '복선' 아니었을까 하는 것이다. 나이 들면서 갖게 되는 쓸데없는 상념일 것이다. 하지만 말도 안 되는 상상만은 아닐 거라는 생각이 꼬리를 문다.

오래전 눈부신 봄날이 되면 산골 우리 집에 미영새라 불렀던 아름다운 새가 한 마리 왔었다. 그 새는 정겨웠던 산골의 봄을 현재로 이어주는 매개체이자 잊지 못할 기억의 주인공이다.

2/ 남포등과 호롱불

"막둥아, 불 써라."

"야."

산골 마을은 어둠이 빨리 내렸다. 어머니는 서둘러 저녁상을 차리며 나에게 불을 켜라고 했다. 나는 남포등에 성냥을 그어 부엌에 하나, 방에 하나를 켰다. 어머니가 서둘러 저녁상을 차린 이유는 등불 켜는 기름을 아끼기 위해서였다. 산골은 기름이 매우 귀해서 아껴야 했고, 그러려면 어두워지기 전에 밥을 먹어야 했다.

낮이 긴 여름은 그래도 기름 부담이 덜했다. 마당에 덕석(멍석)을 깔아놓고 이른 저녁을 먹으면 등불을 켜지 않아도 됐기 때문이다. 밥을 먹고 나서 등불 없이 덕석에 그대로 눕거나 토방 마루에 누우면 여름밤은 금세 지나갔다. 불을 켠다고 해도 잠시뿐 이내 껐다. 불빛을 보고 달려드는 나방도 싫었고, 은은한 달빛이 내리면 불을 켜지 않아도 대강은 보였다. 하지만 한여름 달밤이라 해도 논에 물을 대러 갈 때만큼은 꼭 남포등을 켜서 들고 갔다. 거기에는 몇 가지 이유가 있었다.

첫 번째 이유는 논으로 가는 길이 좋지 않았기 때문이다. 집에서 먼 논까지 가는 길엔 큰 돌과 고랑이 많아서 넘어지거나 빠질 위험이 있었다. 그걸 피하려면 등불을 비추며 걸어야 했다. 두 번째는 가는 도중에 무덤이 많아 몹시 무서웠다. 그 길을 혼자 갈 때면 낮에도 오금이 저릴 정도였다. 게다가 건너편 산에는 공동묘지도 있었다. 또 다른 이유는 논에 물을 대려면 밝은 등불이 꼭 필요해서였다.

벼가 한창 자랄 때는 한 방울의 물도 그냥 흘려보낼 수 없었다. 기름처럼 소중한 물을 아끼려면 조그만 구멍이라도 막아야 했고, 물길도 정확히 내야 했다. 또 가뭄이 들어 물 다툼이 심해질 때면 누군가 자기 논으로 물길을 바꿔버릴 수도 있어 밤새 등불을 들고 지켜야 했다. 이처럼 여름밤 남포등이 필요한 이유는 여러 가지였지만, 그중에서도 가장 큰 이유는 한밤중에 무덤 앞을 지날 때 길을 밝혀 조금이라도 덜 무섭게 하려는 것이었다.

논물 대는 일은 주로 어머니와 내가 맡았다. 한데 둘이서 논으로 갈 때면 무서워서 다리가 부들부들 떨렸다. 어머니와 나는 어떻게든 그 무서움을 잊어보려고 일부러 크게 이야기를 나누곤 했다. 하지만 말소리는 점점 줄어들었고, 두려움은 점점 커졌다. 길을 가다 보면 때로는 바로 앞에서 도깨비가 나올 것 같았고, 때로는 공동묘지에서 도깨비불이 반짝거리는 것 같아 등골이 오싹해지기도 했다.

한번은 반대쪽에서 누군가 등불을 들고 묘지 앞을 걸어오는데 마치 도깨비불이 깜빡이는 것 같아 소름이 돋았던 일도 있었다. 그쪽에서는 오히려 우리가 도깨비불인 줄 알았다며 웃기도 했다. 그러던 어느 날, 내가 너무 깊이 잠든 나머지 깨워도 일어나지 않는 바람에 어머니 혼자 논에 가는 일이 있었다.

"막둥아, 일어나 논에 가자, 우리 논에 물 댈 차례다. 얼릉 불 써라."

"아앙, 싫어어. 싫다고오."

"으짜까. 니가 안 가면 엄마 혼자 가야 하는디. 가는 길에 도깨비 나오는 거 너도 알고 있음시로야."

어머니는 흔들어 가며 나를 깨웠지만 나는 끝내 일어나지 않았다. 한침이 지나 잠에서 깬 나는 어머니가 없다는 것을 알게 됐다. 결국 어머니 혼자서 논에 간 것이다. 도깨비가 나올 것 같은 그 길을 혼자 가고 있을 어머니를 생각하니 몹시 미안하고 겁도 났다. 아울러 새삼 어머니가 대단하게 느껴졌다. 이렇듯 한여름 밤에 논에 물을 대는 데 남포등은 없어서는 안 될 중요한 것이었다. 하지만 남포등은 여름보다 밤이 긴 겨울에 쓰일 모가 더 많았다.

산골의 겨울밤은 칠흑같이 어두웠다. 해가 짧아 서두른다 해도 불을 켜지 않고 저녁을 먹을 순 없었다. 소에게 밤참도 줘야 했다. 우리 집은 유독 소죽솥 아궁이와 외양간이 멀어서 한 손에는 남포등을, 다른 한 손에는 무거운 소죽 양동이를 들고 갈지자(之)를 그리며 걸어야 했다.

동지섣달 긴 겨울밤, 남포등은 또 다른 쓰임새가 있었다. 이른 저녁을 먹고 나면 어머니는 희미한 남포등 불빛 아래서 뜨개질을 하거나 바느질을 했다. 그러다 밤이 깊어지면 등을 들고 부엌 아궁이로 갔다. 이윽고 나뭇불 속에 묻어둔 고구마를 꺼내왔다. 옆에서 바늘귀에 실을 꿰 주곤 하던 나는 그 불빛 아래서 고구마를 먹으며 어머니의 옛날이야기를 들었다. 어머니는 동네 사람들 이야기, 친척들 이야기는 말할 것도 없고 심청 이야기, 콩쥐·팥쥐 이야기 등 옛날이야기까지 이야기보따리를 끝없이 풀었다. 어머니의 그 재미있는 이야기를 듣노라면 긴 겨울밤이 짧게 느껴졌다.

이처럼 없어서는 안 되는 남포등은 각별히 조심해서 다뤄야 했다. 불이 꺼지지 않게 하려고 끼워놓은 유리막을 잘못 건드리기라도 하면 쉽게 깨지곤 했기 때문이다. 한번 깨지면 읍내 오일장이 설 때까지 기다려야 했다. 살림살이가 빠듯해 미리 사둘 여유가 없었던 것이다. 그러니 산골 집에서는 밥 먹는 숟가락이나 젓가락보다 훨씬 더 중요한 것이 바로 남포등이었다.

남포등은 심지에서 나는 그을음 때문에 유리막이 시커멓게 변하곤 해서 자주 닦아야 했다. 그 유리막 닦는 일은 두말할 것도 없이 내 몫이었다. 한데 아무리 조심한다고 해도 실수하기 마련이어서 툭하면 '쨍그랑' 소리를 내며 유리가 깨지곤 했다. 그때의 죄책감은 학교에서 공을 차다 늦어 소에게 꼴을 먹이지 못했을 때보다 더 컸다.

남포등이 이렇듯 중요한 등이라면 호롱불은 작은방에서 쓰는 보조 등이었다. 어른 주먹만 한 호롱불은 사기그릇에 기름을 붓고, 구멍을 낸 뚜껑 밖으로 심지를 나오게 해서 불을 붙이는 방식이었다. 마치 조그만 종(鐘)이나 절집 처마에 다는 풍경(風磬) 같아 보였다. 연료로 양초 대신 기름을 쓰는 게 차이가 있을 뿐 촛불이나 다름없었다. 우리는 그 석유 등잔불을 '초꽂이'라고 불렀다. 호롱불이라는 말은 나중에 책을 보고 알았다.

호롱불은 유리막이 없어 바람이 조금만 불어도 쉽게 꺼져서 불 근처에서는 몸을 움직이는 것조차 조심해야 했다. 호롱불은 밝기로 치면 남포등보다는 덜해 조금이라도 멀리까지 불빛이 비치게 하기 위해서는 등잔을 받쳐야 했다. 그러면 등잔 바로 아래가 어두워졌고, '등잔 밑이 어둡다'라는 속담을 몸소 경험하곤 했다. 그렇듯 호롱불은 기름을 덜 먹어 좋았지만, 그런 만큼 남포등에 비해 쓰임새도 적었고, 불편한 점도 많았다.

아버지는 소죽솥 아궁이가 있는 작은방 호롱불 밑에서 밤늦게까지 새끼를 꼬았다. 또 가끔은 동네 어른들과 '섰다'를 하거나 '삼봉'을 치며 긴 겨울밤을 보냈다. 그러다 봄이 되면 내가 그 방을 쓰게 됐고, 그

어두운 등잔불 밑에서 숙제를 하곤 했다. 그때 불이 너무 어두워 바짝 다가서면 얼굴에 그을음이 묻기 일쑤였고, 콧구멍이 새까매지고는 했다. 가끔 '타다닥' 하는 소리와 함께 머리 타는 냄새도 났다. 다음 날 식구들은 그런 내 모습을 보며 놀렸다. 나는 그 거멍(검정)을 빼느라 애를 먹었다.

초등학교 상급반이 될 때쯤 드디어 동네에 전기가 들어왔다. 남포등을 켜던 큰방에는 30촉(W 와트) 백열등을, 호롱불을 켜던 작은방에는 5촉짜리 꼬마전구를 달았다. 기름을 태우는 등불에 비하면 전기는 대낮같이 밝고 편했다. 그때부터 남포등과 호롱불은 토방 마루 어딘가로 밀려났다. 시간이 좀 더 지나자 그나마 어디에 두었는지 관심도 갖지 않게 됐고, 더는 보이지도 않았다. 아마 엿장수나 아이스께끼 장사가 왔을 때 바꿔 먹지 않았나 싶다. 남포등과 호롱불은 그렇게 우리 곁을 떠났다.

3/ 전기 들어오던 날

초등 분교 상급반 때였다.

"영차! 영차!……."

"어야, 쬐끔만 더 심(힘) 잔 써 보란 말이시."

"일 있응께 자네니 심씨서 밀기나 히랑께."

"하나 둘 셋, 영차! 영차!……."

보리 빼깔 모자를 쓴 아버지들이 올럭올 니와 구슬땀을 흘리고 있었다. 몇 사람은 앞에서 양쪽으로 줄을 잡아당겼고, 다른 여러 명은 뒤에서 밀었다. 전봇대를 세우는 중이었다. 그러자 비스듬히 누워있던 전봇대가 점점 반듯해지더니 마침내 똑바로 섰다. 여름으로 접어들고부터 날이 매일 푹푹 찌는 바람에 온몸에서 땀이 줄줄 흘렀고, 살갗은 타들어 가고 있었다.

"오메, 심들어 죽겄네. 저그 반장님 쪼께만 셨다 합시다."

"그라먼 쪼께 쉬었다 합시다요."

논 가운데에서 전봇대를 세우던 아버지들은 잠시 쉬기로 하고 길가로 나왔다. 아버지가 울력을 나오지 못한 집안의 어머니들 몇 명이 막걸리를 준비하고 있다가 한 잔씩 돌렸다. 시큼한 막걸리를 걸친 아버지들 가운데 한두 명은 길바닥에 드러눕기도 했다. 하지만 아버지들 대부분은 전기가 들어오면 밝아질 세상을 이야기하며 마치 소풍을 앞둔 아이들처럼 들떠 있었다.

전기 울력은 이렇듯 힘들었지만, 희망을 주었고 산골의 세 동네는 단합했다. 적어도 면사무소에서 첫 번째 마을 어귀에 전봇대를 세울 때까지는 그랬다. 그러다 어느 동네에 전봇대를 먼저 세우느냐 하는 문제로 결국 다툼이 생겼다.

땅끝 해남에서도 옥천면 산골 마을은 용동리·이목리·도림리 세 마을로 이루어져 있었다. 마을마다 20여 채의 집이 있었고, 사람 수도 얼추 비슷했다. 그러던 것이 일제강점기에 용동리로 통합됐다고 했다. 용동(龍洞)은 세 마을을 합친 동네 모양이 용이 하늘로 올라가는 모양처럼 생겼다는 데서 유래했고, 그 용이 승천한 곳은 두륜산 자락의 '용둠벙'이라는 이야기가 전해 오고 있었다. 살고 있는 사람들이 자부심을 가질만한 이야기였다.

용동마을이 세 마을 가운데에 있었고, 분교도 그곳에 있었으니 그쪽 사람들의 자부심이 제일 컸을 터였다. 하지만 우리 이목마을 역시 자부심이 있었다. 해남읍이 우리 마을에 가까웠던 것과, 용둠벙이 우리 마을 쪽에 있었던 것이 중요한 이유였다. 도림마을 사람들도 마찬가지였다. 본인들이 산골의 중심이며 더 뛰어나다고 생각했다.

우리는 그런 용동마을 아이들을 '고라니 떼'라고 놀렸다. 그들은 그들대로 우리를 '이목 촌놈들'이라고 부르며 아래로 봤다. 도림마을 아이들은 다른 두 마을 아이들을 토끼나 오리 등 동물에 빗대며 놀려대곤 했다. 아이들끼리의 장난이었지만 어른들 사이에서도 비슷한 정서가 있었다. 이렇듯 세 마을은 때론 합심하다가도, 때론 경쟁하거나 놀리기도 해가면서 살아가고 있었다.

전봇대 세우는 것도 처음엔 문제가 될 정도의 상황은 아니었다. 하지만 의견이 점차 세게 부딪치기 시작했고, 결국엔 동네 간 갈등으로 번졌다. 동네마다 아버지들은 자기 동네에 전기가 먼저 들어오지 않을 것 같으면 더는 울력을 나가지 않겠다고 으름장을 놓았다. 난감해진 반장은 마을 사람들을 설득하기 시작했지만 일은 쉽게 풀리지 않았다. 마침내 윗동네 젊은 축에 드는 아버지들이 반장을 위협하는 지경에 이르렀다.

"저그 반장님, 우리 먼저 안 해주면 가만 안 있을랑께 그리 알고 있으시오."

"알았응께 쪼께만 기달려 봇시오."

반장은 급한 불 먼저 끄는 심정으로 이렇게 대답했던 모양이다. 하지만 우리 마을에서도 그건 절대 안 된다고 대응했다. 결국, 윗동네에서 반장을 가두려고 했다. 당황한 반장은 마을에서 얼른 도망쳐 나왔고, 우여곡절 끝에 우리 집으로 들어왔다. 덜렁덜렁 찢어진 옷을 입고 있던 반장은 어머니를 보고 "에마리오, 어찌께 나한테 이랄 수 있당가요."라며 울먹였다. 놀란 어머니는 토방 마루로 반장을 안내하며 나를 불렀다.

"막둥아, 얼릉 가서 모산 양반하고 초지 양반 집으로 오시라고 해라. 순희네 아부지도."

나는 어머니 말이 끝나기도 전에 집을 나섰다. 밤늦은 시간이라 다들 집에 있었고, 이내 우리 집으로 왔다. 오는 길에 사람들의 수는 더 늘었다. 동네 사람들은 반장의 모습을 보고 몹시 화를 냈다. 당장 윗동네로 가서 주먹다짐이라도 붙을 기세였다. 그러자 오히려 반장이 손사래를 치며 말렸다.

"아따, 그라면 안 되어라우."

"왜라우?"

"왜 안 된다고 하요?"

"그라먼 큰 쌈 난당께요."

시간이 조금 지나자 험악했던 분위기는 다소 누그러졌다. 이윽고 여러 의견이 오간 끝에 동네별로 각자 울력을 해서, 동시에 전봇대를 세우자는 그럴싸한 제안이 나왔다. 모두 좋은 생각이라며 찬성했다. 다음 날 세 동네 대표들이 모였고, 그렇게 합의를 보았다.

다시 울력이 시작됐다. 한바탕 소란을 겪었던 터라 말 한마디도 서로 조심했다. 그러자 논이며 길가에 세워진 전봇대의 숫자는 하루가 다르게 늘어갔고, 가을이 되자 마침내 동네 안까지 모두 세워졌다. 전봇대 세우는 일이 끝나자 아버지들은 그 어느 때보다 뿌듯해했다. 우리 또래들은 좋아라 소리 지르며 뛰어다녔고, 속 모르는 강아지들도 우리와 같이 달렸다.

그때부터 남은 일은 기술자들의 몫이었다. 다른 곳에서 온 기술자들은 이집 저집을 돌아다니며 열심히 줄을 이었고, 벽에다 뭔가를 달았다. 두꺼비집이라고 했다. 우리는 신기한 듯 쳐다보았다. 그때 우리 눈에는 그 기술자들이 그렇게 대단해 보일 수가 없었다. 나중에 크면 전기 기술자가 되겠다고 말하는 아이두 있었다. 그렇게 달포가 지나자 전구 끼우는 일까지 다 마무리됐다. 이제 전깃불 켜는 일만 남았다.

어느 늦가을 오후, 마을 확성기에서 이장의 목소리가 나왔다.

"동네 사람들, 쪼깐 있다가 전깃불을 쓴다고 합니다. 집에 있다가 반장이 신호를 보내면 불을 쓰면 되겠습니다."

이윽고 반장이 신호를 보냈다.

"자아! 요·이·똥."

우리는 신호에 맞춰 외등 불을 켰다. 동그란 백열등이 몇 번 깜빡

이더니 불이 들어왔다. 그러자 숨을 죽이고 지켜보고 있던 어른, 아이 할 것 없이 동시에 '와'하고 환호성을 질렀다. 그 역사적인 순간을 함께하기 위하여 꽤 많은 사람이 우리 집에 와 있었다. 아직은 훤한 낮이어서 실감이 덜 났지만, 두메산골에서 이전에 겪어보지 못했던 대사건이었다. 우리는 벅차오르는 감정을 억제하지 못하고 서로를 얼싸안았다.

시험이 끝나자 잠시 불을 껐고, 어른들은 막걸리를 한 잔씩 나누며 감격에 젖었다. 사람들이 모두 집으로 돌아가자 나는 스위치를 눌렀다. 저녁이 되기도 전이었다. 어머니는 어두워지면 켜라고 했지만, 나는 그때까지 기다릴 수 없었다. 밤이 되니 전깃불은 집안을 대낮같이 환하게 밝혀주었다.

전기가 들어오자 머지않아 TV도 볼 수 있겠다는 희망에 부풀었다. 이젠 전기 들어오는 곳에 산다는 자긍심도 생겼다. 무엇보다 남폿불을 켜는 수고는 물론 호롱불이 꺼질까 하는 염려를 더는 하지 않아도 돼 좋았다. 그날 밤 나는 쉽게 잠들지 못했다. 산골 시절 중 가장 감격스러운 날이었다.

4/ 홍시와 단감

터가 넓었던 우리 집엔 감나무가 많았다. 큰 장두감(대봉)나무가 서너 그루, 단감나무가 두 그루 있었다.

장두감나무는 뒤뜰 높은 곳에 있었다. 그중에서도 하나는 유독 크고 잎도 무성했다. 집을 지키는 신성한 나무처럼 느껴졌고, 든든한 큰형 같았다. 가을이 되면 그 큰 감나무에서 장두감이 주렁주렁 열렸다. 반면 두 그루의 단감나무 중 한 그루는 헛간 옆 텃밭에, 다른 한그루는 장독대 위 텃밭에 있었다. 장두감나무와는 달리 아담하고 소박한 게 막내 누나를 닮았다.

따뜻한 봄이 오면 감나무 가지에서 연초록 이파리가 돋아났다. 오월 중순쯤이면 연노랑 꽃도 피었다. 꽃을 볼 때면 벌써 노란 단감과 빨간 홍시가 떠올랐고, 상상만으로도 행복했다. 모든 봄꽃이 그러하듯 감꽃도 일주일 남짓이면 졌다. 감꽃이 떨어지면 누나와 같이 실에 꿰어 벽에 걸어두곤 했다.

늦봄이 되면 초록빛 감들이 얼굴을 빼꼼히 내밀었다. 갓 태어난 어린아이를 닮은 감들은 하루가 다르게 커갔다. 유월이 되면 메추리알만 해졌고, 칠월 초만 돼도 달걀만큼 컸다. 팔월이 되면 어른 주먹만 했다.

한여름이 되면 꽃잎보다 붉은 홍시가 열렸다. 파란 감 중에서 일찍 익어 빨개진 여름 홍시는 금세 눈에 띄었다. 바람이 불거나 이슬이 내리면 감잎이 마당에 떨어졌고, 홍시도 한두 개씩 떨어져 있었다. 마당 쓰는 일은 막내의 몫이어서 홍시는 내 차지였다. 연하면서도 달콤한 여름 홍시 맛은 무어라 표현하기 어려웠다. 홍시를 먹으려는 욕심에 먼동이 트기도 전에 일어나 마당을 쓸기도 했다.

한데 신기한 것은 같은 홍시인데도 우리 집 감나무에 열린 홍시보다 옆집 게 더 맛있게 느껴졌다는 것이다. 절반 가까이가 우리 집 앞마당 쪽으로 넘어와 있던 홍시는 왠지 더 크고 붉어 보였다. 홍시 익을 때가 되면 눈독을 들이고 있다가 바닥에 떨어지기가 무섭게 주워 먹었다. 기다려도 떨어지지 않으면 몰래 따 먹기도 했다. 반면 우리 집 감나무 홍시는 아랫집 아이들이 먹었다. 어른들은 '담 밖으로 가지 뻗은 홍시 단속은 못하는 법'이라며 무어라 말하지 않았다.

그러다 태풍이라도 불면 퍼런 감들이 땅바닥 가득 떨어져 나뒹굴었다. 그 모습을 보면 쓰러진 나락을 보는 것만큼 안타까웠다. 그 크고 탐스런 감들을 그냥 버리기에는 너무 아까워 누나와 내가 큰 옹기에 감을 넣고 물을 부어 우렸다. 며칠을 우리면 떫은맛이 가셨고, 그 감을 먹었다.

더위가 한풀 꺾이는 팔월 하순이 되면 단감이 본격적으로 익어갔다. 단감나무는 우리 집에만 있던 특별한 감나무였다. 누나같이 예쁜 단감나무엔 둥글납작한 단감이 흐드러지게 열려서 가지가 휘어지곤 했다. 두 그루 중에서 장독대 위 감나무에 더 많이 열렸고, 단맛도 더 좋았다. 정확한 이유는 알 수 없었지만 우리는 장독대의 장맛 덕이라고 했다. 그때 나무에서 갓 따온 단감은 아침 이슬처럼 신선하고, 저녁 풀꽃처럼 향긋했다.

하지만 불행히도 단감은 여름이 가기도 전에 다 떨어지고 말았다. 처음엔 몇 개씩 떨어지다가 며칠이 지나면 우수수 떨어졌다. 장독대 위에 떨어져 닐브러진 단감들을 보면 속이 상했다. 단감이 떨어지는 이유를 알지 못해 답답했던 나는 감나무를 자세히 관찰해보기로 했다.

아침저녁으로 시원한 바람이 불면서 감에 단맛이 깊어가던 늦여름 어느 날이었다. 장독대에 쪼그리고 앉아 감나무를 뚫어지게 올려다보고 있으려니 어디선가 벌들이 날아드는 것이 보였고, 그 벌들이 단물을 빨기 위해 침을 쏘면 감들이 떨어진다는 사실을 알게 됐다. 나는 벌들을 쫓았다. 한데 벌들은 날아가기는커녕 오히려 나를 쏘았다.

벌에 쏘인 한쪽 얼굴은 이내 퉁퉁 부어올라 한동안 눈을 뜰 수조차 없었다.

단감이 다 떨어질 때쯤이면 뒤뜰의 큰 나무에서 장두감이 익어갔다. 여름 내내 파랗던 감들이 하루가 다르게 노랗게 변해가는 모습을 보고 있으면 세상없이 마음이 풍요로워졌다. 익어가는 감들을 보다가 이내 나무에 올라, 감을 따서 한 입 베어 물기도 했다. 하지만 아직은 덜 익어 떫은 감은 삼키기 어려워 몇 번 씹다가 결국 내뱉곤 했다. 그러면 옷에 감물이 들기 일쑤였고, 누나에게 혼나곤 했다. 감물은 잘 빠지지 않아 아까운 옷들을 버리는 일이 많았기 때문이다.

감을 따러 나무에 올랐다가 넓은 가지에 걸터앉아 시원한 바람을 쐬면서 동네를 내려다보는 일도 많았다. 그러면 집 앞에 펼쳐진 푸른 논과 물 빠진 방죽, 우뚝 솟은 두륜산이 한눈에 들어왔다. 그 너머에 있을 또 다른 세상을 상상하는 일은 나만의 즐거움이자 행복한 시간이었다.

바람처럼 시간이 흘러 시월이 오고, 가을이 깊어지면 온 가족이 모여 감을 땄다. 나무에는 내가 올라갔다. 마치 타잔처럼 감나무에 올라가 간짓대로 감이 달린 가지를 꺾어 내리면 나무 밑에서 어머니와 누나가 간짓대 끝에 걸린 감을 받아 광주리에 담았다. 커다란 광주리는 금세 노란 감들로 가득 찼다. 가끔은 간짓대를 잘못 놀려서 감이 땅에 떨어지는가 하면, 무거운 간짓대를 놓치는 바람에 다시 주워 올리느라 애를 먹기도 했다. 심지어는 딛고 있던 가지가 부러져 땅에 떨어질 뻔한 일도 있었다.

감은 일주일 정도 간격을 두고 두세 번에 걸쳐 땄다. 한꺼번에 다 익는 것도 아닌 데다가 나무가 워낙 커서 하루에 다 딸 수도 없었다. 맨 마지막에 딸 때는 높은 데까지 올라가야 했다. 그러다 보니 더는 '재미'가 아닌 힘든 '일'이 되어 갔다. 마지막으로 딸 때쯤 되면 감은 서리를 맞아 찰진 홍시가 돼 있었다. 감을 따다가 힘에 부치면 가지를 딛고 선 채 그 홍시 한두 개를 먹기도 했다.

감을 딸 때는 반드시 지켜야 할 원칙이 하나 있었다. 다름 아닌 '까치밥'을 남겨두는 일이었다. 처음 딸 때 나는 꼭대기에 있는 홍시까지 다 따겠다고 안간힘을 썼다. 그걸 본 어머니가 "막둥아, 다 따지 말고 까치들 먹게 몇 개는 남겨둬야 쓴다."라고 말렸다. 빨갛게 익어 맛있는 홍시를 따시 말라는 어머니를 이해할 수 없었시만, 어머니의 말을 듣지 않을 수도 없었다.

초겨울에 접어들어 앙상한 가지 끝에 걸려있는 홍시를 볼 때면 군침이 돌았다. 까치들은 홍시 한 번 쪼아 먹고 나 한 번 내려 보곤 했다. 그걸 보고 있노라면 까치들이 마치 나를 놀리는 것 같아 기분이 묘했다. 게다가 점심으로 고구마만 먹었던 날이 많아 부아가 치밀기도 했다. 겨울이 깊어가면 그 홍시도 하나둘씩 사라졌다. 시간이 더 흐르면 뒤뜰 감나무밭에 다시 봄이 왔다.

그러던 내가 해가 거듭되면서 까치밥 남겨두는 것을 당연한 것으로 받아들이게 됐다. 습관처럼 익숙해진 것이다. 더불어 처음 느꼈던 아쉬움은 점차 넉넉함으로 변해갔다. 그 덕에 하얀 눈이 내리는 날 까치들이 잔치를 벌이듯 빨간 홍시를 먹는 모습을 보고 있으면 정겨움이 느껴졌다. 마치 연말에 돼지저금통을 털어 불우 이웃 돕기 성금을 내는 기분이었다.

가을이 되어 도심 공원에 빨갛게 익은 감을 보면 홍시 익어가던 산골 집 풍경이 겹쳐진다. 그러다 보면 문득 이런 생각이 든다. 산골 우리 집 감나무에 까치밥으로 남겨두었던 늦가을 홍시가 나에게 배려와 나눔을 깨우쳐 주지 않았을까 하는 생각이다. 지금 나에게 조금이나마 나누는 정이 있다면 바로 그 까치밥에서 비롯된 것 같아서다.

5/ 정월대보름 전야에 생긴 일

"아야 아그들아, 다 모였냐? 얼릉 찰밥 훔치러 가자."

"엉, 쪼께만 지달리자. 대욱이가 안즉 안 왔어야."

정월대보름 전날 저녁이 되면 우리는 옆집 혁태 형네 대문 앞에 모였다. 실이 지나면서부터는 이날만을 손꼽아 기다렸다. 보름 전날 저녁 차려 놓는 오곡밥을 가져다 먹고 싶었기 때문이다. 먹을 것이 많지 않았던 산골에서 이 따끈따끈한 오곡밥의 맛은 둘이 먹다 한 녕이 죽어도 모를 지경이었다.

혁태 형네는 동네에서 농사도 제일 많이 지었고, 어머니의 음식 솜씨도 좋아서 우리에겐 최고 인기였다. 혹여 조금 늦기라도 하면 오곡밥은 한두 살 차이 형들의 차지가 되고 말던 터라 서둘러 모였고, 밥을 차리기가 무섭게 대문 밖으로 가져가서 먹었다. 혁태 형 어머니는 우리가 언제쯤 온다는 걸 알고 미리 준비해두고 있었다.

우리 마을에서는 정월대보름이 되면 조상들에게 올리는 오곡밥을 토방 마루에 차려 두고 동네 아이들이 가져다 먹도록 하는 풍습이 있었다. 밥과 나물은 대개 대소쿠리 안에 담아 두었다. 향긋한 냄새가 나는 햇김을 비롯해 고사리 도라지 무나물 콩나물 녹두나물 취나물 등으로 소쿠리가 가득했다. 미역국도 있었다. 우린 그걸 '걸이밥'이라고 했다.

맛도 맛이지만 이 밥을 먹으면 한 해를 건강하게 날 수 있다는 말이 있었다. 그런 이유 때문에라도 걸이밥을 먹고 싶었고, 먹고 나면 기분이 그만이었다. 이걸 먹기 위해 저녁을 먹지 않고 나오는 친구들이 대부분이었다. 평소 자기들 집에서 먹는 밥보다 더 푸짐하고 맛이 있었으니 꼭 먹고 싶었던 것이다. 일 년에 한 번 하는 산골 아이들의 외식이라고 할 수 있었다.

걸이밥을 차리는 유형은 두 가지였다. 보름 전날 저녁 일찍 차리는 집과 보름날 꼭두새벽에 차리는 집으로 나뉘었다. 동네 한가운데 있었던 우리 집과 옆집은 두 유형의 대표 격이었다. 우리 집은 어머니가 보름날 새벽에 밥을 차렸고, 옆집은 전날 어두워지면 바로 차렸다. 맛으로 치면 어머니가 최고였지만 저녁이 아닌 새벽에 밥을 차리니 친구들에게는 인기가 없었다. 나는 항상 그게 못마땅했다.

어머니는 새벽 3시면 일어나 준비를 했고, 4시면 차렸다. 조상님께 음식을 올릴 때는 정성을 다해야 하고, 차리는 시간도 신들이 활동하는 새벽이어야 한다는 게 어머니의 신조였다. 하지만 나마저도 일어나지 못하는 시간대여서 친구들한테 인기가 없으니 좀 서운했다. 나는 몇 번인가 "엄마, 왜 우린 저녁에 밥 안 차려?" 하고 따지듯 물었지만, 어머니는 바꿀 생각이 전혀 없었다.

우리는 혁태 형네 밥을 먹고 나서 다른 집으로 옮겼다. 아무리 넉넉하게 차렸다 해도 한 그릇만 차리는 걸이밥은 한계가 있어서 여전히 배가 고팠다. 그래서 서너 집을 더 돌면서 걸이밥을 가져다 먹었다. 그렇게 먹고 나면 배가 불렀고, 그러면 본 행사라 할 수 있는 불놀이를 하러 갔다.

"앗따, 인자 배부릉께 불놀이 하로 가자야."

"그라자." "그래."

우리는 준비해두었던 깡통을 들고 집 앞 공터로 갔다. 철사를 길게 매단 깡통이었다. '쥐불놀이'를 하기 위해서였다. 우리는 그걸 '깡통 돌리기'라고 했다. 깡통 돌리기는 그때만 하는 놀이였다. 쥐불놀이라는 말은 고등학생이 된 후 학교 수업 시간에 알게 됐다.

여럿이 모여 공터에 가면 먼저 짚을 모아 불을 피웠다. 이어 나뭇가지를 긁어 와 불 위에 얹었다. 나뭇가지가 떨어지면 장작을 가져와 넣었고, 고무통도 넣었다. 불에 탈 만한 것은 다 넣어 태웠다.

한참을 태우고 나면 나뭇불은 서서히 사그라들어 장작불만 남았고,

큰 불덩이를 추린 후 깡통에 담아 넣고 빙빙 돌렸다. 그러면 휙휙 소리가 나며 불이 더 세졌다. 깡통 불은 동그라미를 그렸다. 멀리서 보면 마치 뱀이 자기 꼬리를 물고 뱅글뱅글 도는 것 같아 보였다.

여러 명이 모여서 불 깡통을 돌리면 더 신이 났고, 재밌기가 이루 말할 수 없었다. 하지만 불놀이에는 위험이 뒤따랐다. 잘못하다가는 옆에 있는 짚더미로 불이 붙기 일쑤였고, 남의 초가집 처마를 태우는 일도 있었다. 불똥이 자기한테 튀어서 옷에 구멍이 나는 일은 흔했고, 심지어 살갗을 데는 일도 많았다.

신나게 고무통을 태우던 나는 그날 저녁 결국 큰일을 당하고 말았다. 그 일은 불길이 타오르던 장작더미 위에 누군가 버려진 고무통을 던져 넣으면서 시작됐다. 고무통은 금세 타들어 가더니 곧 큰 불길에 휩싸였고, 쪼가리들이 톡톡 소리를 내며 주변으로 튀었다. 불길이 점점 거세지자 겁이 났다. 불길을 좀 잡아야겠다고 생각하고 불쏘시개를 들고 헤집었다. 그 순간 오른손 엄지손가락으로 거머리같이 시커먼 고무 덩이가 튀더니 그대로 붙어서 타들어 갔다. 나는 혼비백산하다 그대로 팔목을 움켜쥔 채 쓰러졌고, 이 모습을 본 아이들이 달려들어 손가락에 붙은 불덩이를 떼 냈다. 손에서는 피가 줄줄 흘렀다. 친구들 어깨에 매달린 채 울면서 집으로 갔다.

또래 친구들 어깨에 매달려 까무러치기 직전인 나를 보자 어머니는 깜짝 놀라며 소리쳤다.

"워메 우짜꼬 울애기. 아야, 어찌게 된 일이다냐?"

"불놀이하다가 그랬어라우."

친구들은 자기들이 잘못하기라도 한 것처럼 고개를 들지 못했다. 어머니는 서둘러 붉은 물약을 찾아와 바르고 헝겊으로 둘둘 말았다. 워낙 심각한 상황이라 혼을 내지도 못했다. 아마 도시 같았으면 며칠은 병원에 입원했겠지만, 산골에서는 그럴 수 없었다. 상당히 많은 시간이 흘러 상처는 나았지만, 흉터가 남았다. 큰 흉터였다. 손가락 안쪽과 바깥쪽이 만나는 부분에 겹쳐있어 눈에 띄지 않는 게 그나마 다행이라고 할 수 있었다.

손에는 지금도 그때의 흉터가 크게 남아 있다. 정월대보름이 돼 TV에서 보름날 풍경과 쥐불놀이 소식을 전하기라도 하면 나는 슬며시 엄지손가락을 들어 흉터를 보곤 한다. 그러면 고무통을 태우다 상처를 입었던 일이 엊그제 일처럼 생생하게 떠오른다. 또래들과 걸이밥을 기져다 먹던 일과 깡통을 돌리던 일도 생각난다. 그럴 때면 마음은 어느새 산골 마을로 가 있다가 이내 내가 이렇게 아프지 않고 건강하게 살아가는 건 그때 먹었던 걸이밥 덕분이 아닐까 싶은 생각이 든다.

도시 아이들의 으뜸가는 축제일이 크리스마스 전날 밤이라면, 그때 산골 우리 동네 아이들의 축제일은 분명 정월대보름 전날 밤이었다.

6/ 이발

동네에서 머리 깎는 일은 매우 어려웠다. 전방도 없는 두메산골에 정식 이발소가 있을 턱이 없었다. 어른들은 읍내 오일장 날 이발을 했다. 또래 아이들은 대부분 가위로 대충 자르거나 이발 기계인 바리깡으로 밀었다. 그러니 쥐 뜯어 먹은 까까머리가 대부분이었다. 하지만 나는 달랐다. 항상 스포츠머리형의 '하이칼라'로 깎았다. 어머니가 까까머리를 몹시 싫어했기 때문이다.

하이칼라(High Collar)로 머리를 깎으려면 '신동'이라는 윗동네까지 가야 했다. 그곳에 신식 유형으로 머리를 깎는 할아버지가 있었다. 군대에서 이발사를 했다고 했다. '신동양반'이라 부르는 할아버지는 앞마당에 의자를 하나 두고 가끔 오는 나 같은 아이들 머리를 깎았다.

나는 그 할아버지한테 가서 머리를 깎기는 했지만, 그다지 좋아하지는 않았다. 우선 머리 하나 자르러 힘들게 윗동네까지 가는 것이 싫었다. 또 갈 때마다 신동양반은 얼굴이 빨갰고, 술 냄새 나는 일이 많았다. 게다가 다리가 좀 불편해서 내 어깨를 세게 누르며 방향을 옮기곤 했는데 그것도 싫었다. 어머니도 그 할아버지가 깎는 머리 모양을 썩 좋아하지는 않았고, 내 마음을 모르는 것도 아니었다. 하지만 굳이 거기로 가라고 했다. 힘들게 사는 신동양반을 그렇게나마 돕고 싶으셨던 것 같다.

앞산에 활짝 피었던 벚꽃이 완전히 진 어느 늦봄, 나는 항상 해 오던 대로 머리를 깎으러 신동으로 갔다. 20여 분을 걸어 신동양반 집에 들어섰다. 이어 토방 마루에 올랐다. 그런데 인기척도 없고 분위기도 평소와 달랐다.

"신동양반, 머리 깎으러 왔어라우."

"……."

"이발하러 왔당께라우."

"……."

몇 번을 불러도 대답이 없다가 한참 후에야 방 안에서 사람 소리가 들렸다. 이윽고 문이 열리더니 신동양반이 비틀거리며 나왔다. 표정으로 보아 평소보다 술을 더 많이 드신 것 같았다. 순간 '이발을 할 수 있을까' 걱정됐다. 하지만 먼 길을 온 터라 그냥 돌아설 수도 없었다.

신동양반은 어렵사리 자리를 잡고 나서 머리를 깎기 시작했다. 한데 숨 쉬는 것마저 힘겨워했다. 그러니 머리를 잘 깎을 리가 없었다. 신동양반도, 나도 힘든 시간을 보내고 집에 오니 어머니가 화를 내며 "아야, 먼 머리가 그란다냐!"라며 사연을 물었다. 나는 자초지종을 얘기했다. 그러자 어머니는 "인자 해남 장에 가서 깎자."라며 혀를 끌끌 찼다.

두어 달이 지나고 여름방학이 됐다. 신작로에서 형, 누나 또래의 낯선 사람들이 분교로 가는 것이 보였다. 놀러 오는 것도 같았고, 일하러 오는 것도 같았다. 조금 있으니 이장이 마이크에 대고 안내 방송을 했다.

"아, 아, 동네 사람들, 알려드리겠습니다. 광주에서 대학생들이 와서 우리 동네 학생들 공부도 봐주고, 머신가 지도도 해준다고 합니다요. 그랑께 애들을 학교로 보내주시먼 좋겠습니다."

나는 신기해서 또래 친구들과 학교로 갔다. 분교 교실에 대학생 스물네댓 명이 짐을 풀어놓고 우리를 맞았다. 그들의 얼굴엔 반가워하는 모습이 역력했다. 하지만 나는 그들이 우리를 마치 무지렁이처럼 생각하는 것 같아 기분이 썩 좋지 않았다.

그중 남자 대학생 한 명이 내 머리를 보고는 이발을 해주겠다며 바리깡을 갖고 왔다. 나는 잘 깎을 것 같지 않다는 생각을 했고, 어머니가 나무랄 것도 뻔해서 싫다고 했다. 그러자 그는 "아야, 머리 깎으면 공책 주께."라고 했다. 그 말에 혹한 나는 두 번 생각할 것도 없이 의자에 앉았다. 그는 거침없이 머리를 깎기 시작했다. 막 밀어대는 것 같았다. 나는 공책을 생각하며 꾹 참았다. 한참 후 그가 "다 됐다. 어디 한번 볼래?"라고 하면서 거울을 내밀었다. 그의 표정에서는 자긍심이 넘쳐흘렀다. 거울을 본 나는 하마터면 울뻔했다. 완전히 딴 사람이 거울 속에 들어 있었기 때문이다.

어머니에게 혼날 생각에서라도 눈앞이 캄캄했다. 놀라고 화난 마음을 억누르며 우물가로 가서 머리를 감고 왔다. 한데 공책을 주기로 했던 그가 보이지 않았다. 사람이 많아 계속 찾기도 힘들었고, 빨리 가서 소꼴을 먹여야 했다. '내일 다시 와서 공책을 달라고 하면 되겠지'라고 생각하며 학교를 나왔다.

이니니 디를끼. 스님처럼 머리를 빡빡 밀고 온 니를 본 이미니는 끼무러치기 직전이었다. "아야 막둥아, 이것이 어떻게 된 일이다냐?"라머 꼬치꼬치 물있다. 나는 우물쭈물하면서 사징을 애기했다. 어머니는 그런 나를 몹시 나무랐다.

다음 날, 순해 빠진 나였지만 결연한 마음으로 학교에 갔고, 이내 그를 만날 수 있었다.

"저기요. 어저께 공책 준다고 해서 이발을 했는디 공책 못 받았어라. 주먼 좋겄어라."

"그래야. 근디 공책 없는디야."

"뭐라고라? 없다고라?"

나는 따지듯 물었다. 어디서 그런 용기가 났는지 모를 일이었다. 그는 "공책이 다 떨어져부렀어야."라고 했다. 거짓말 같았다. 처음부터 공책을 줄 생각이 없었던 게 틀림없었다. 당장 덤벼들어 싸우기라도 하고 싶었다. 아니면 뭐라도 걷어차고 싶었다. 하지만 대학생을 상대로 그럴 수는 없었다. 어처구니없었지만 그냥 물러서 집으로 왔다. 그런 나를 보던 어머니도 몹시 속상해했지만, 더는 어쩔 수 없었다.

시간이 바람처럼 흘러 가을이 왔다. 머리가 좀 길긴 했지만, 빡빡 깎았던 머리는 영 보기가 싫었다. 어머니는 머리를 깎자며 읍내 오일장에 나를 데리고 나갔다. 장날만 오는 버스를 탔다. 태어나서 처음 가는 읍내 나들이였다. 터미널에 내려 붐비는 거리를 본 나는 눈이 휘둥그레졌다. 혹시 길이라도 잃을까 싶어 어머니 손을 꼭 잡았다. 한참을 가다 이발소에 들어갔다. 나는 몹시 놀랐지만, 어머니는 태연하게 주인에게 말했다.

"우리 막둥이 머리 좀 깎아 줏시오. 지난번에 대학생이란 애기들이 동네 와서 빡빡 깎아부렀당께라. 이것 봇시오. 아주 뵈기 싫어져부렀단 말이오. 그랑께 잘 좀 해줏시오."

"그래라우? 알았응께 이삐게 해주께요."

"그라먼 나는 얼릉 나갔다 오께요."

어머니는 "막둥아, 엄마 고무신 한 컬레 사올 텐께 머리 깎고 있그라잉."라고 말하고는 이발소를 나갔다.

나는 보자기를 두른 채 의자에 앉았다. 그러자 '어머니가 나를 버리고 어디론가 가버린 것 아닌가'하는 불안감이 갑자기 물밀듯 밀려왔다. 이윽고 이발사가 머리에 바리깡을 대자 대학생이 빡빡 밀던 때의 공포감이 몰려왔다. 나는 그 불안감과 공포감을 이기지 못하고 급기야 '으앙' 하고 울음을 터뜨렸다. 이발사는 마치 자신이 뭔가 잘못해서 그러기라도 한 것처럼 어쩔 줄 몰라 하며 "아야, 왜 그라냐?" 하고 물었다. 나는 그 와중에도 창피하다는 생각에 이유를 말할 수는 없었다. 한참을 울고 나서 멈추니 아저씨는 이제야 안심이 된다는 듯 머리를 깎겠다고 했다. 나는 아무 대꾸도 하지 않았다.

점심때쯤 되자 어머니가 옆집 친구와 함께 돌아왔다. 이발사는 어머니에게 "오메, 나 이런 애기 처음 봤어라우."라며 자신이 겪은 일을 얼을 올리며 말했다. 어머니는 웃으며 "막둥아, 왜 울었냐?" 하고 물었지만 난 얼굴만 빨개질 뿐 아무 말도 할 수 없었다.

이발소를 나온 우리는 점심을 먹기로 하고 허름한 식당에 들어갔다. 콩국수 세 그릇을 시켰다. 곧 뽀얀 국물의 콩국수가 나왔다. 처음 보는 음식이었다. 어머니들은 익숙하게 설탕을 넣어서 비볐다. 어머니 눈치를 보며 나도 설탕을 넣고 비빈 후 맛을 보았다. 달고 시원하고 맛있었다. 조금 전 울었던 일은 까맣게 잊은 채였다.

요즘 나는 방송국 안에 있는 미장원에서 머리를 자른다. 특별히 원장님한테 예약하고 간다. 다른 건 대충해도 머리만큼은 좀 예민하다. 머릿결이 특이해서기도 하지만 어릴 적부터 갖게 된 습관 때문인 것 같다. 머리를 자르기 위해 가운을 두르고 의자에 앉으면 신동양반과 분교에 왔던 대학생, 그리고 해남 읍내 이발관에서 있었던 일이 머릿속에서 활동사진처럼 흘러간다. 이어 콩국수도 떠오른다. 오래된 이야기지만 너무나 생생하다.

7/ 빵차

언젠가부터 수요일 오후가 기다려졌다. 조그만 차 한 대가 분교로 와서 빵과 밀가루를 나누어 주었기 때문이다. 파란색 차였다. 우리는 '빵차'라고 불렀다. 정부에서 혼·분식 장려 차 주는 것인데 우리 같은 신골 마을은 공짜로 주는 것이라고 했다.

빵차는 오후 서너 시쯤 왔다. 차가 오는 수요일은 점심을 먹고 나면 혹시 차가 지나가지는 않는지 방죽 건너 신작로를 뚫어지게 바라보곤 했다. 어떨 때는 아직 올 시간이 멀었는데도 차 소리가 들리는 듯했다. 차가 오면 이장이 동네 입구 솔밭에 매달아 놓은 확성기에 대고 학교로 가라고 안내 방송을 했다. 그러면 집마다 한두 명씩 분교로 갔다.

그러던 어느 여름날 오후였다. 그날따라 진즉 왔어야 할 차가 늦어지고 있었다. 소꼴도 먹여야 하고, 공차기도 해야 해서 마음이 급했다. 목이 빠지게 기다렸다. 하지만 차는 오지 않았다. 하는 수 없이 소꼴을 먹이러 나갔다. 언제든 차가 오기만 하면 소를 묶어두고 뛰어갈 참이었다.

해 질 녘이 다 돼도 차는 올 기미가 보이지 않았다. 오늘은 오지 않을지도 모른다는 실망감이 얼굴에 스멀스멀 번졌다. 급기야 소를 끌고 터벅터벅 집으로 돌아갔다. 그때 멀리서 덜컹거리는 소리가 들렸다. 고개를 들어보니 파란 짐차가 달려오고 있었다. 부릉거리며 오는 차는 '늦어서 미안하다'고 말하는 듯했다.

나는 소 옆구리를 줄로 때리며 뛰어서 집으로 갔다. 이윽고 소를 마당 한쪽에 묶어 두고는 곧바로 준비해둔 밀가루 포대를 들고 학교로 갔다. 가는 길에 안내 방송이 들려왔다. 운동장에 이미 몇몇 사람들이 와 있었다. 또래 아이들이 대부분이었지만 어른들도 몇 있었다. 아이들은 자리다툼을 벌이고 있었다. 그러자 완장을 찬 사람이 큰소리로 외쳤다.

"아그들아, 한 줄로 빤듯하게 서라. 안 그라먼 빵 안 줄랑께."

그러자 모두 재빠르게 한 줄로 섰다. 나도 얼른 뒤따라 섰다. 사람들이 얼추 도착하자 먼저 밀가루를 나눠주기 시작했다. 내 차례가 되어 포대를 내밀자 완장 아저씨가 몇 되 퍼주었다. 포대 속에 하얀 밀가루가 채워지는 걸 보자 머릿속에서는 밀가루를 받으면 쑤어 먹곤 하던 팥죽(팥칼국수)이 떠올랐다. 이때 받은 밀가루로 거의 매일 저녁 팥죽을 끓여 먹을 수 있었기 때문이다.

　밀가루 배급이 끝나자 이번에는 빵을 나눠주었다. 다시 내 차례가 되었다. 수북하게 싸여있는 빵 앞에 서자 향긋한 냄새가 코를 찔렀다. 이전에는 맡아 본 적 없던 맛있는 냄새였다. 냄새만으로도 행복했다. 그 자리에서 먹고 싶었지만 애써 참았다. 어깨에 밀가루 포대를 들쳐 메고, 다른 손에는 빵을 담은 봉지를 들고 서둘러 집으로 갔다. 누가 뺏기라도 할까 봐 연신 뒤를 돌아보면서 달렸다. 가는 길에 등에서 땀이 줄줄 흘렀다. 하지만 보릿자루나 고구마 자루를 들 때와는 달리 전혀 힘들지 않았다. 집에 들어서기도 전에 사립문에서 어머니를 불렀다.

　"엄마, 빵 타왔어라."

　"오메 그래야! 얼릉 온나."

　나는 마당에 들어서기가 무섭게 밀가루 포대를 토방 마루에 내려 놓았다. 이어 빵 봉지를 풀었다. 그러자 어머니가 큰 덩어리의 빵을 가족들에게 나누어 주었다. 빵조각을 한입에 밀어 넣고 꿀꺽 삼켰다. 목이 메었다. 어머니는 그런 내 등을 두드리며 "누가 안 뺏어 먹응께 찬찬히 먹어야."라며 나무라듯 말했다.

　그날 저녁, 고소하고 달콤한 빵 냄새가 집 안 구석구석에 퍼졌다. 밀가루는 다음 날 저녁을 위해 광 안에 옮겨 놓았다. 이렇듯 빵과 밀가루는 가족 모두를 즐겁게 해주었다. 빵차가 늦어 어렵사리 먹게 된 덕인지 그날따라 빵은 더 고소하고 맛있었다. 단물이 흐르는 군고구마가 아무리 달다고 해도, 잘 익은 홍시가 아무리 맛있다고 해도 그 빵보다 더 달고 맛있을 순 없었다.

이야기 셋,
산골의 동물들

너희들은 친구이자 가족이야

이야기 셋, 산골의 동물들
– 너희들은 친구이자 가족이야

1/ 소(牛) 이야기

나는 출생부터 소와 관계가 있고, 소는 공차기와 많은 관련이 있다.

어머니는 내가 태어난 시각을 가을밤 10시경이라고 했다. 밤참으로 소죽을 주고 얼마쯤 지나서 날 낳았다는 것이다. 시계가 없던 산골에서는 소죽 주는 때가 밤 시각의 기준이었다. 혹여 신년 운세라노 볼까 해서 출생 시각을 말할 때면 소가 떠오르는 이유다.

소는 가난했던 우리 집에서 전 재산이나 다름없었다. 꼭 우리만 그런 것은 아니었지만, 우리 집에서 소가 차지하는 비중은 유독 커서 자식보다 더 소중한 존재로 인식할 정도였다. 그 귀하신 소를 먹이는 일은 막내인 내가 전담하다시피 했다.

나는 여름 오후 3시쯤 되면 여지없이 우리 논둑 근처로 소를 끌고 가서 꼴을 먹였다. 그곳에 물길이 크게 나 있어 싱싱한 풀이 많았기 때문이다. 한 손으로 긴 줄을 잡은 채 소에게 꼴을 먹이는 것이 나의 일상이었고, 그 시간만큼은 소와 나는 둘도 없는 친구가 됐다.

그렇게 이른 시각부터 소에게 꼴을 먹여야 했던 데는 두어 가지 큰 이유가 있었다. 첫 번째는 남들보다 먼저 가야 소에게 좋은 풀을 먹일 수 있다는 어머니의 성화 때문이었고, 두 번째는 빨리 소꼴을 먹이고 나서 좋아하던 공차기를 하고 싶었기 때문이다.

여름날 해 질 녘 공차기는 산골에서 또래 친구들은 물론 형들과 어울려 할 수 있는 매우 재밌는 놀이였다. 가끔 먼 동네 사람들까지 와서 시합을 할 정도로 인기가 많았고, 어른들이나 여자애들까지 구경하러 왔다.

마을 앞에는 댐에 버금가는 커다란 저수지가 있었다. 여름이 되어 한창 성장기에 접어든 나락은 많은 물을 먹었고, 저수지는 곧 바닥을 드러냈다. 그곳에 풀이 자라면 금세 천연 잔디 운동장이 됐다. 거기서 공을 차는 것이 내 또래 아이들의 가장 큰 즐거움이었다. 한데 공차기는 소꼴을 먹이는 시간과 겹쳐 어려움이 많았다. 그 두 가지를 다 하기 위해 아이들 대부분은 저수지 풀밭에 소를 풀어 두고 공을 찼다. 하지만 난 그럴 수 없었다.

난 몇 번에 걸쳐 어머니에게 따지듯 물었다.

"엄마, 다른 애들은 다 방죽 논바닥에 소 풀어 놓고 노는데 왜 나만 논에 가서 뜯겨야 돼?" 그러자 어머니는 "소가 그 풀 묵으면 설사한단 말이여. 소가 얼마나 중요한 짐승인디 그 풀을 먹여야 쓰것냐?"라고 말하며 나를 나무랐다. 하지만 나는 어머니 말을 곧이곧대로 믿지 않았다.

나는 유독 공차기를 좋아했지만 소꼴 먹이는 일 때문에 친구들과 같이 공을 찰 수 없어서 답답했다. 게다가 키가 크고 공을 잘 차는 편이어서 아이들이 내가 빨리 오기를 기다릴 정도였다. 초등 분교 6학년 때는 학급에서 11번이었던 까닭에 '차범근'으로 불리기도 했다. 나는 결국 일을 저질렀다.

어머니 몰래 논바닥으로 소를 끌고 가 다른 아이들처럼 소를 풀었다. 그러고는 공을 찬 뒤 슬그머니 집에 들어갔다. 그런데 거짓말처럼 그날 밤부터 소가 설사를 하는 것이었다. 어머니는 날 다그쳤다. 나는 사실대로 말할 수밖에 없었고, 다음 날부터는 꼼짝없이 논둑에서만 꼴을 먹여야 했다. 하지만 공차기에 대한 미련을 버릴 수는 없었다. 그래서 이른 시각에 나가 소꼴을 믹이게 됐다.

3시경이면 아직 해가 머리 위에 떠 있어서 며칠만 그렇게 하고 나면 뙤약볕에 살갗이 벗겨졌다. 게다가 읽을 수 있는 책은 한 권도 없어 보는 것이라고는 높은 산봉우리와 나무들뿐이었다. 그런 상태에서 두세 시간을 하염없이 풀 뜯는 소만 바라보는 지루함이란 이루 말할 수 없었다. 가끔 먼 산을 보면서 그 너머에 있을 더 큰 세상을 상상하는 것이 유일한 낙이었다.

　그렇게 두세 시간을 보내고 나면 소 옆구리가 마치 풍선처럼 부풀어 올랐다. 그러면 소를 끌고 서둘러 집으로 갔다. 이제는 공을 찰 수 있다는 기대감에 집으로 돌아가는 길은 그 어느 때보다 즐겁고 행복했다. 집에 가자마자 재빠르게 마당 한쪽에 소를 묶어두고는 아이들이 놀고 있는 논바닥을 향해 달렸다. 내가 오는 걸 본 친구들은 기다렸다는 듯 반겼고 편을 다시 짜기도 했다.

　마치 늦게 온 한풀이라도 하듯 공을 차다 보면 하늘은 금방 푸른빛을 띠며 어두워져 갔다. 그러면 소들이 어슬렁어슬렁 우리가 뛰고 있는 쪽으로 왔다. 이제 마칠 시간이 됐다는 사실을 알게 된 아이들은 자기네 소를 찾았고, 하나둘씩 집으로 돌아갔다. 나는 몹시 아쉬웠지만 더는 어쩔 수 없었다. 여름 내내 그런 생활이 이어졌다.

　여름이 끝나갈 무렵이 되자 다른 소들에 비해 더 좋은 풀을 먹은 우리 소는 온몸에서 윤기가 흘렀다. 이윽고 배가 불러왔다. 새끼를 밴 것이다. 그러자 나는 혹여 다칠세라 훨씬 더 세밀하고 주의 깊게 소를 돌봐야 했다. 상전이 따로 없었다. 가을이 끝나갈 무렵이 되자 소가 마침내 송아지를 낳았다. 경사 중 경사였다. 한데 아쉽게도 수소였다.

　해가 바뀌고 봄이 왔다. 송아지는 무럭무럭 자랐고, 천방지축으로 뛰면서 점차 수소, 즉 부사리의 성향을 드러내기 시작했다. 아버지는 그런 부사리를 길들이기로 하고 큰 돌덩이에 단단한 동아줄을 묶어

이리저리 끌고 다녔다. 말을 듣지 않거나 반항이라도 하면 회초리를 들었다. 어느 정도 길이 들자 이번에는 코를 뚫었다. 거칠었던 부사리는 점차 얌전해졌고 그때부터는 내가 맡아 어미 소와 같은 방식으로 꼴을 먹였다.

그러던 어느 날 큰일이 벌어지고 말았다. 소를 끌고 집으로 가던 중 길옆 산에서 바스락거리는 소리가 들렸다. 순간 놀란 부사리는 성난 '투우소'처럼 날뛰기 시작했다. 그대로 놓아두었다가는 멀리 가버릴지 모른다는 공포감이 엄습했다. 처음엔 고삐를 잡고 같이 뛰었다. 하지만 부사리의 힘과 빠르기를 감당할 수 없었고 비틀비틀하다 넘어지고 말았다.

줄을 놓지 않았던 탓에 부사리의 힘에 밀려 길바닥을 질질 끌려갔다. 그러다 얼마 지나지 않아 결국 줄을 놓을 수밖에 없었다. 옷은 흙투성이가 됐고, 무릎과 손바닥에서 피가 흘렀다. 부사리는 멈추지 않고 계속 달렸다. 나는 다시 일어나 젖 먹던 힘까지 내가며 쫓아갔지만, 소와의 간격은 더 멀어질 뿐 따라잡을 수 없었다. 이내 부사리가 눈에서 사라지고 말았다.

당황한 나는 울면서 집으로 달려가 어머니에게 그 사실을 알렸다.

"엄마, 부사리가 도망가부렀어라."

"머시라고야? 부사리가? 어디서야?"

"돌솔밭에 오다가 부시락거리는 소릴 듣더니 달려가부렀당께."

어머니는 아버지한테 얘기했고 아버지는 급히 동네 사람 몇 명과 소를 찾아 나섰다. 그러나 밤이 깊어갈 때까지도 찾을 수 없었다. 나는 까진 무릎과 여기저기 난 상처를 보이기는커녕 죄인 된 심정으로 가슴을 졸이며 잠 못 드는 밤을 보내야 했다. 다음 날도, 그다음 날도 소가 어디로 갔는지 도무지 알 수 없었다. 사흘째가 되어서야 산속에 숨어 있던 소가 길가로 내려왔고 이를 발견한 동네 한 아저씨가 우리 집으로 끌고 왔다.

"에마리오 해남댁, 부사리 잡어왔어라."

"오메. 어디가 있습디요?"

"옹꼴 가는디 거그서 안 내려오요."

"와따 장희네 아부지, 참말로 고맙소야."

어머니는 아저씨한테 연신 감사함을 표시했고 나한테 아저씨는 구세주나 다름없었다. 그제야 나는 비로소 죄인의 심정에서 벗어날 수 있었다.

그 일이 있고 나서 우리는 부사리를 팔기로 했다. 길을 들였다고는 해도 수소는 거친 데다 새끼를 낳는 것도 아니어서 쓸 데가 많지 않았고 나 혼자 두 마리 소를 감당하기는 어려웠기 때문이다.

어느 여름날 오후, 소 장수가 집으로 와서 수소를 몰고 갔다. 소 값으로 십만 원을 받았다. 돈 한 푼 나올 데 없던 산골 살림에서 큰돈이 아닐 수 없었다. 어머니는 그 돈을 광 안에 있는 상 밑 깊은 곳에 넣어

두었다. 그런데 돈의 주인은 따로 있었다. 며칠 후 둘째 형이 그 돈다발을 들고 집을 나간 것이다.

형이 보이지 않자 어머니 아버지는 길가는 동네 사람들에게 혹시 둘째를 보지 못했냐고 물었다. 그러자 한 아저씨가 읍내 쪽으로 가는 걸 봤다고 했다. 뭔가 집히는 데가 있던 어머니는 재빨리 광으로 가서 돈다발을 확인했다. 역시나 돈다발이 사라지고 없었다. 어머니는 둘째 형이 그 돈을 갖고 서울로 간 게 확실하다며 울부짖었다. 그 모습을 멀뚱히 지켜봐야만 했던 나는 형을 원망하지 않을 수 없었다. 어머니의 예상처럼 형은 그길로 서울로 갔다.

1년 남짓한 시간이 흘렀다. 형이 집을 나갔다는 충격과 돈을 훔쳐 갔다는 분노는 어느 정도 가셨다. 한데 이번에는 더 큰 일이 벌어지고 말았다. 어머니가 복막염으로 읍내 종합병원에 입원하게 된 것이다. 병이 깊어 수술을 받아야 한다고 했다. 당시 복막염은 큰 병이어서 오랫동안 입원해야 했다.

달포가 지나자 어머니는 퇴원을 할 수 있게 됐다. 나에게 어머니가 없는 생활은 지옥과도 같은 것이어서 그보다 더 좋을 순 없었다. 한데 당장 해결해야 할 큰 문제가 있었다. 그것은 감당하기 어려운 수술비였다. 겨우 끼니나 해결하며 사는 형편에서 당시 돈으로 50만 원이 넘는 수술비는 온 가족의 숨통을 조이기 시작했다. 소를 파는 것 외에 다른 방법이 없었다.

어머니 퇴원 날이 다가오자 아버지는 소를 끌고 장에 나가서 팔았다. 소를 판 아쉬움에 술 한 잔 마시고 돌아온 아버지는 소 값으로 50만 원을 받았다고 하면서, 사 가는 사람은 말할 것도 없고 주변에 있던 사람들이 탄성을 질렀다고 했다. 소가 잘생긴 데다 근육과 살집이 적절해 시장에 나온 소 중에서 단연 최고였다는 것이다.

그 말을 듣자 나는 가슴이 아프고 소가 그리워졌다. 고맙기도 했다. 밤이 되어 잠자리에 들었지만 쉽게 잠을 이룰 수 없었다. 몇 시간을 이리저리 뒤척인 끝에 새벽녘이 되어서야 오랫동안 쌓여왔던 소와의 정을 정리하고 마음에서 떠나보낼 수 있었다. 소와 헤어지는 것은 가축이 아닌 가족과의 이별이었다.

2/ 돼지 이야기

"막둥아, 돼지 밥 갖다줘라."

"알었어라우."

설거지하던 어머니가 구정물 양동이를 내밀었다. 나는 돼지우리로 갔다. 돼지는 제 밥을 가져오는 걸 알고 꿀꿀거리며 놀구유 앞으로 와 넓은 코를 벌름거렸다.

돼지우리는 부엌에서 한참 떨어진 마당 귀퉁이 헛간 앞에 있었다. 소 외양간이 부엌 안 따뜻한 곳에 있는 것과 비교하면 돼지우리는 한데였고, 한겨울이라 해도 거적때기 하나 쳐주는 게 전부였다.

돼지는 우리 집 잔반처리반이었다. 먹다 남은 음식 찌꺼기만을 주었고, 그것도 구정물통에 넣었다 주었다. 그나마 특별식으로 챙겨주는 것이 있다면 등겨를 갈아 만든 '죽제'라는 사료를 살짝 얹어주는 정도였다. 온갖 좋은 것을 주고 정성껏 보살피는 등 그야말로 상전 대접을 하는 소와는 처지가 달라도 한참 달랐다.

돼지는 생각보다 더러운 짐승이 아니었다. 소는 여기저기 똥을 쌌고, 자기가 싸놓은 똥을 깔고 앉기도 하지만 돼지는 한쪽 구석에다 누는 것만 봐도 알 수 있었다. 그런 돼지를 어머니는 소보다 훨씬 영리하고 깨끗하다고 했다. 돼지는 새끼도 많이 낳아 돈 한 푼 나올 데 없는 산골 살림에 큰 보탬을 주었다.

뒤뜰 앵두나무의 앵두가 빨갛게 익어가는 여름날, 구정물만 먹던 돼지가 새끼를 낳았다. 자그마치 아홉 마리나 됐다. 어미는 벽에 등을 기대고 누워 새끼들에게 젖을 물렸다. 새끼돼지들이 어미의 젖을 빠는 모습을 보니 어린 마음에도 귀엽고 오지기가 이를 데 없었다. 가끔 한두 마리가 어미젖을 못 찾으면 어머니는 젖꼭지를 찾아 물려주며 머리를 쓰다듬기도 했다.

그렇게 두어 주가 지난 어느 날이었다. 갑자기 돼지우리에서 어미 돼지의 괴성과 함께 새끼돼지들의 비명이 들려왔다. 마당에 있던 어머니가 놀라 돼지우리로 가더니 큰소리로 "막둥아, 막둥아~~, 얼릉 도치(도끼) 가져 온나. 얼릉." 하고 외쳤다.

다급한 어머니의 말에 나도 뭔가 큰 문제가 생겼다는 것을 본능적으로 알았다. 급히 헛간에서 도끼를 찾아 어머니에게로 갔다. 돼지우리에서는 살벌한 광경이 벌어지고 있었다. 무슨 이유에선지 화가 난 어미가 새끼를 물어뜯고 있었고, 새끼들의 몸에서 피가 흐르고 있었다. 어머니는 도끼를 높이 들며 어미돼지를 향해 소리쳤다.

"너 이놈, 가만 안 있으면 죽는다. 왜 니 새끼를 무냐. 저리 가라 얼른."

어미돼지는 어머니의 기세에 눌렸는지 이내 얌전해졌다. 어머니는 한 번 더 위협을 한 다음 부드러운 말투로 타일렀다. 어미돼지는 어머니의 말을 알아듣는 것 같았다. 상황이 진정되자 어머니는 뒷걸음으로 우리에서 나왔다. 다행히 물린 새끼들의 상처는 깊지 않았다. 어미는 한참을 서성이다 다시 누웠다. 겁에 질렸던 새끼들도 안정을 되찾고 다시 어미의 젖을 물었다. 우리에서 나온 어머니는 "저렇게 해야 다시는 새끼를 해치지 않는다."라고 했다.

후텁지근한 여름날이 가고 선선한 가을바람이 불어왔다. 아버지가 새끼돼지를 모두 팔기로 했던다. 이미 젖을 뗀 새끼들의 먹는 양이 엄청나서 더는 감당하기 어려워졌기 때문이다. 어느 날 돼지 장사가 경운기에 새끼돼지 아홉 마리를 모두 싣고 갔다. 어미는 막아섰지만 어른들의 힘을 어쩌지 못하고 물러났다.

새끼들이 한꺼번에 다 떠나자 요란하던 돼지우리가 쥐 죽은 듯 조용해졌다. 어미는 한동안 잘 적응하지 못하고 잠도 쉽게 이루지 못해 보였다. 소를 팔 때보다는 덜했지만 나 역시 몹시 서운하고 아쉬웠다. 그런 어미에게 어머니는 평소보다 건더기를 더 주었고, 나도 죽제를 더 퍼주었다.

달포가 지나자 추석이 코앞으로 다가왔다. 명절이 되면 위아래 동네에서 번갈아 돼지를 잡곤 했다. 이번엔 우리 동네 차례였다. 동네 입구에 사는 집의 돼지를 잡는다고 했다. 아버지들이 모두 그 집으로 모였다. 나는 또래 친구들과 마당 밖에서 구경하기로 했다.

아버지들 세 명이 우리로 들어가 막 어미가 돼가는 돼지의 양쪽 귀와 뒷다리를 힘껏 잡았다. 이어 앞다리마저 꽉 틀어잡고 밖으로 나와 짚더미가 펼쳐진 바닥에 눕혔다. 나는 차마 더는 볼 수가 없어 멀찍이 떨어졌다. 한참 후 찢어지는 듯한 울음소리가 들려왔다. 돼지 멱을 따는 것이었다. 두 손으로 귀를 막았다. 몇 분간 비명이 이어지더니 이내 조용해졌다. 숨이 끊어진 것이다.

오후 해가 서산으로 기울어 가니 나는 소에게 꼴을 먹이러 가야 했다. 꼴을 먹인 후 소를 끌고 집에 오자 돼지 잡던 데 갔던 아버지가 돌아왔다. 아버지는 고기를 담은 자루를 어머니에게 건넸다. 어머니는 명절 때 쓸 것 몇 점을 남겨두고 국을 끓여 상을 차렸다.

국그릇에는 벌건 국물에 비곗덩어리가 둥둥 떠 있었다. 검은 털이 그대로 남아있는 것을 "막둥아, 돼지고기다. 얼릉 묵어라." 하면서 어머니는 어서 먹으라고 재촉했다. 하지만 비위가 약했던 나는 끝내 고기는 먹지 못했고, 국물만 조금 떠먹다 말았다.

그 후로도 나는 돼지고기는 거의 먹지 않았다. 벌건 국물에 둥둥 떠 있던 뭉툭한 그 비곗덩어리가 싫었고, 다 뽑히지 않은 시커먼 털이 있는 것도 싫었다. 그런 나를 어머니는 야단치곤 했다. 반면 가족들은 다들 맛있게 먹었다. 나더러는 싫으면 관두라고 했다. 없어서 못 먹는 고기라고 했다. 실제로 명절이 아니면 먹지 못하는 고기였다.

　새끼돼지들이 커가듯 세월이 흘렀다. 나는 예전과 달리 지금은 돼지고기를 먹는다. 대부분의 사람들처럼 수입산 백돼지 삼겹살을 먹는다. 그럴 때 가끔 산골에서 돼지를 키우고 잡던 얘기가 화제로도 나온다. 그러다 보면 어릴 적 토종 흑돼지에게 구정물과 죽제를 주던 일과 어른들이 돼지를 잡던 광경도 떠오른다. 어미젖을 빨다가 경운기를 타고 떠났던 새끼돼지들의 모습도 엊그제 일처럼 생각난다.
　문득 그 귀엽던 새끼돼지들은 그때 모두 어찌 되었을까 궁금해진다. 짖을 주던 어미돼지도 그립나.

3/ 민물장어 추억

집 앞에 커다란 저수지가 있었다. 일제강점기에 쌓은 것이라고 했다. 말이 저수지지 웬만한 댐에 가까웠다. 우리는 방죽이라 불렀다. 방죽은 농사를 짓는 데 쓸 물을 가둬두는 것 말고도 여러 가지 기능을 하는 중요한 곳이었다.

5월경 못자리를 할 때쯤 비가 오면 방죽에서 붕어들이 올라왔고, 그 붕어를 잡느라 학교에 지각하는 일이 많았다. 심지어 결석하는 일도 있었다. 날이 무더워지면 방죽 깊은 데 들어가 멱을 감았고, 대나무로 만든 낚싯대를 들고 물고기를 잡기도 했다. 또 한창 커가는 벼를 키우기 위해 물을 빼면 방죽이 바닥을 드러냈는데, 그 바닥에서 곧 풀이 자랐다. 자연 잔디 마당으로 변한 그 풀밭에서 공을 차며 놀았다. 이렇듯 방죽에서 하던 일이 많았지만, 그중에서도 제일 잊을 수 없는 것은 장어를 잡던 일이다.

초여름 밤이 되면 동네 형들과 방죽으로 갔다. 한 손에는 손전등을, 다른 손에는 작살을 들고 있었다. 손전등으로 물속을 비추면 장어들이 방죽 위쪽으로 올라오는 것이 보였다. 그때다 싶어 높이 들고 있던 작살을 힘껏 내리 찔렀다. 하지만 장어는 순식간에 눈에서 사라졌다.

그렇듯 물속에서 살아 움직이는 장어를 잡는 것은 쉬운 일이 아니었다. 몇 시간을 애써봐야 한두 마리 잡을까 말까였다. 그나마도 잡은 건 새끼 장어일 뿐 큰 장어들은 작살을 들기도 전에 달아나버리고 말았다. 우리는 얼마 지나지 않아 그 일을 그만두었다. 들인 품에 비하면 수확이 너무 적었기 때문이다.

새로운 방법을 찾아야 했다. 몸이 약했던 어머니를 위해서라도 장어를 꼭 삽아야 했다. 한농안 고민하다 마침내 나만의 방법을 찾아냈다. 주낙을 놓기로 한 것이다. 주낙이란 빨랫줄 같은 긴 줄에 어깨너비만큼의 간격을 두고, 낚싯바늘을 묶어 놓는 것이었다. 그 낚시에 미끼를 달아 놓으면 장어가 삼켰다.

그때 우리 마을에서는 주낙을 놓는 사람이 없었다. TV도 거의 없던 시골인데다, 농사 위주의 생활을 하고 있던 터라 주낙에 대해 아는 사람조차 없었다. 날이 더워지고 물이 뜨뜻해져 가자 어머니께 줄과 낚싯바늘을 사달라고 했다. 어머니는 읍내 오일장에 나가 그것들을 사 왔고, 나는 생각했던 대로 주낙을 만들었다. 모든 일이 그러하듯 그 일도 예상했던 것보다 훨씬 어려웠다. 하지만 점차 익숙해졌고, 낚싯바늘 개수도 늘려 갔다.

미끼는 미꾸라지를 쓰기로 했다. 장어가 미꾸라지를 매우 좋아한다는 사실은 부모님과 형들을 통해 이미 알고 있었고, 주변에서 쉽게 잡을 수 있었기 때문이다.

미꾸라지는 논두렁 사이의 똘(도랑)에 많이 살았다. 점심을 먹고 나면 미꾸라지를 잡기 위해 똘로 갔다. 코가 촘촘한 체를 아래쪽 물길에 받친 채 발로 물풀을 밟으면 등이 시커먼 미꾸라지 여러 마리가 체에 걸려 노란 배를 드러내며 파닥거렸다.

이렇게 잡은 미꾸라지 가운데 작은 것들은 놓아주고 큼지막한 것들만 양동이에 담아 집으로 왔다. 곧바로 주낙 통을 꺼내 낚싯바늘에 미꾸라지를 끼우고는 방죽으로 내달렸다. 주낙줄의 한쪽 끝은 돌멩이를 묶어 물속에 가라앉히고, 다른 쪽 끝은 논둑에 막대기를 박아 묶어 두었다. 그러면 손 많이 가던 주낙 일도 끝이 났다.

처음엔 주낙 놓는 일도 서툴러 여기저기 낚싯바늘이 걸리거나 줄이 꼬이기 일쑤였지만 그 역시 점점 익숙해졌다. 얕은 곳에 주낙을 놓기 시작하다 점점 더 깊은 곳으로 들어가기도 했다. 큰 장어를 잡겠다는 욕심이 생긴 것이다. 급기야 어느 날 주브를 타고 방죽 한가운데까지 갔다가 어머니한테 크게 혼이 난 후에야 깊은 곳으로 들어가는 걸 그만두었다.

주낙을 놓고 나면 기나긴 여름 해도 금세 높이 솟은 서쪽 산을 넘어갔다. 날이 어두워지면 집으로 돌아와 모깃불이 타는 마당의 덕석(멍석) 위에서 저녁을 먹었다. 저녁상을 치우고 나서 팔베개를 하고 덕석에 누웠다. 높은 하늘에는 푸른 별들이 가득했다. 그 총총한 별들을 보며 장어들이 걸려있을 아침을 상상할 때면 마음이 흐뭇했다.

다음 날 먼동이 트기 전에 일어나 방죽으로 향했다. 평소엔 아침잠이 많아 혼나곤 했지만, 주낙을 놓고부터는 누가 깨우기도 전에 일어났다. 감물 든 윗옷과 흙 묻은 반바지에 구멍 난 고무신을 신고 집을 나선 후 눈밭을 뛰는 강아지처럼 경쾌하게 방죽을 향해 달렸다. 방죽에 이르기가 무섭게 논둑에 묶어두었던 주낙줄을 찾아 잡아당기기 시작했다. 그러면 못해도 팔뚝만 한 장어 두세 마리가 물속에서 딸려왔다.

장어는 성질이 급해 미꾸라지를 끼운 낚싯바늘을 통째 삼켰지만, 생명력이 강해 쉽게 죽지 않았다. 살아서 꿈틀거리는 장어를 들어 올리는 기쁨은 이루 말할 수 없었다. 가끔은 메기도 잡혔고 자라도 잡혔지만, 손맛은 역시 장어를 당길 때가 최고였다. 여름이 끝나갈 무렵엔 주낙줄을 잡기만 해도 몇 마리쯤 잡혔을지 느낌이 왔다.

어느 날인가는 장어가 대추나무에 연 걸리듯 매달려 있었다. 서너마리는 낚싯줄에 동그랗게 몸을 말고 있었고, 두어 마리는 살아서 펄떡거렸다. 그중 한 마리는 유독 컸다. 그 큰 장어 때문인지 줄이 잘 당겨지지 않았다. 낚싯바늘이나 줄 끝에 묶어둔 돌멩이가 물풀에 걸린 것 아닌가 하는 생각이 들 정도였다.

힘껏 줄을 당기자 조금씩 움직였다. 온 힘을 다해 계속 당겼다. 그러자 비교적 작은 장어들 사이에서 시커멓고 윤기 나는 한 마리 먹장어가 딸려 왔다. 전에는 본 적 없던 큰 놈이었다. 장어는 힘 싸움에서 절대로 밀리지 않겠다는 듯 온몸을 써가며 버텼다. 마치 줄다리기를 하는 듯했지만, 줄은 점차 내 쪽으로 기울었다. 거의 손에 닿을 정도가 되자 먹장어는 마지막 발악이라도 해보겠다는 듯이 더 거칠게 펄떡거렸다.

장어가 바로 눈앞에서 온전히 모습을 드러내자 그 순간을 기다려온 나는 줄을 높게 들어 올렸다. 바로 그때 믿을 수 없는 일이 벌어졌다. 물 위로 오른 장어가 공중에서 필사적으로 몸부림쳤고, 결국 논둑 안쪽 무논으로 첨벙 소리를 내며 떨어졌다. 미끼를 완전히 삼키지 않은 탓에 낚싯바늘이 입언저리에 걸쳐 있다가 입이 찢어지며 논으로 떨어지고 만 것이다. 나는 눈을 의심한 채 잠시 멍하니 서 있었다.

곧바로 정신을 차린 나는 급히 뜰채를 들고 쫓았다. 장어는 큰일 날 뻔했다는 듯이 물이 흥건히 고여있는 논 안쪽으로 유유히 헤엄쳐 갔다. 하지만 멀어져 가는 장어를 잡겠다고 계속 따라 들어갈 수는 없었다. 잘못하면 논바닥이 파이고 벼가 쓰러져, 논 주인한테 꾸지람을 들을 수 있기 때문이었다. 속상하고 안타까웠지만, 그쯤에서 포기했다. 다 잡은 고기를 놓치는 기분이 어떤 것인지 적나라하게 경험한 대사건이었다.

장어는 눈에서 사라졌지만, 한동안 아른거렸다. 핏기 없는 어머니의 얼굴도 떠올랐다. 집으로 돌아오자 어머니는 양동이에 가득한 크고 작은 장어들을 보고 기뻐했다. 하지만 나는 아쉬운 마음을 감출 수 없었고, 자초지종을 얘기했다. 어머니는 옅은 미소를 지으면서 "제 운명대로 간 것이니 너무 아쉬워하지 마라."라고 했다.

가끔 그 장어는 어떻게 됐을까 생각해본다. 찢어진 입은 나았을까. 논에서 나오긴 했을까. 그래서 방죽으로 돌아갔을까. 아니면 누군가에게 잡혀 생을 마감했을까. 여러 가지 생각이 교차한다.

사실 오랫동안 아쉬운 마음이 들었다. 그러다가 언젠가부터 그 장어가 논에서 나와 방죽으로 돌아갔기를 바라는 마음이 생기기 시작했다. 더 큰 바다로 헤엄쳐 갔으면 좋겠다는 바람도 갖게 됐다. 내가 추구했던 삶과 지나온 나의 삶이 그랬던 것처럼 말이다.

4/ 꿩 이야기

우리가 일구던 밭 중에서 산으로 이어지는 큰 밭이 하나 있었다. 따뜻한 햇볕이 내리쬐는 겨울 낮이면 꿩들이 먹이를 찾아 그 밭으로 내려오곤 했다. 콩, 고구마, 무 등 가을에 수확하고 남은 곡식들을 먹기 위해 무리 지어 내려왔다.

어쩌다 운 좋게 그 모습을 볼 때면 혼자 보기 아깝다는 생각이 들었다. 붉은 깃털이 박힌 화려한 장끼를 중심으로 수십 마리 까투리들이 삼각편대를 이루며 산에서 내려오는 모습은 마치 붉은 색깔을 띤 파도가 밀려오듯 보기 드문 장관이었다.

앞 뒷산을 오르내리며 토끼와 노루를 잡으러 다니던 어느 겨울날 나는 그 광경을 보게 됐다. 그러자 단박에 '꿩잡이'로 마음을 바꿨다. 걸어 내려오는 꿩을 잡는 것은 어렵지 않겠다고 생각하게 된 것이다.

그때 산골에서는 꿩 사냥을 하는 사람이 있는 것도 아니어서 장마에 큰물 지듯 개체 수가 급격히 늘어난 꿩들이 씻나락까지 먹어 치우는 바람에 골칫거리였다.

다음 날 바로 꿩을 잡기 위해 가는 철사로 만든 올가미를 곳곳에 놓았다. 구멍이다 싶은 곳엔 빈틈없이 놓아 길목을 막았다. 하지만 꿩들은 예상보다 영악해서 단 한 마리도 걸려들지 않았다. 수차례에 걸쳐 시도한 이 방법이 실패하자 한 가지 방법을 더했다. 올가미는 그대로 둔 채 밭 한가운데에 덫을 놓고 꿩이 좋아하는 콩과 볍씨를 뿌려 두었다. 그러고 나서 오랫동안 몸을 숨긴 채 둘 중 하나에 걸리기만을 기다렸다. 하지만 이번에도 실패였다. 꿩들은 '너의 수를 다 알고 있다'는 듯 올가미를 요리조리 잘도 피해 갔다.

매번 허탕을 치고 빈손으로 돌아오자 가족들은 나를 놀려 댔다. 나는 약이 바짝 오르기 시작했다. 자존심도 상했다. 다음 날도, 또 그다음 날도 더 많은 시간과 노력을 쏟아부었지만, 결과는 마찬가지였다. 아무리 생각해도 뾰족한 수가 떠오르지 않았다. 답답한 상태에서 시간만 흘러갔다. 그러던 어느 날 드디어 수꿩 한 마리를 잡는 기적 같은 일이 일어났다. 다만 전혀 예상치 못한 방식으로 얻은 결과였다.

그날도 평상시와 다름없이 밭 한 귀퉁이에 숨어서 한나절 내내 꿩이 내려오기만을 지켜봤다. 그런데 이번에는 아예 산에서 내려오지도 않았다. 그 많던 꿩들이 갑자기 다 어디로 사라졌을까 궁금해졌다.

아무리 기다려도 꿩들이 내려올 기미가 없자 또 허탕이라는 생각이 들었다. 아쉽지만 집으로 돌아가기로 마음먹고 밭에서 내려오기 시작했다.

때마침 배탈이 났는지 속이 불편했다. 집에까지 가기 어려울 것 같아 논 가운데 있는 짚더미 뒤에 쪼그리고 앉아 실례를 했다. 한참 후 일어서서 나오니 바로 옆에서 장끼 한 마리가 푸드덕 날았다. 그 순간 가까운 곳에 있던 매 한 마리가 거의 동시에 날아오르더니 번개같이 장끼를 낚아챘다.

매는 배가 고팠던지 멀리 가지 않고 가까운 언덕에 내려앉아 서둘러 꿩의 털을 뜯기 시작했다. 이때다 싶어 나는 매를 쫓아갔다. 그러자 매는 꿩을 버리고 공중으로 날아올랐다. 이윽고 근처 키 큰 나무 꼭대기에 앉았다. 먹이를 빼앗긴 매는 원통한 듯 고개를 쭉 내민 채 금방이라도 공격할 것처럼 두 눈 부릅뜨고 나를 노려보았다.

갓 숨통이 끊어진 화려한 수꿩의 털 속에서 김이 모락모락 피어올랐다. 온기가 느껴지는 꿩을 배꼽 위에 감싸 안고 집을 향해 성큼성큼 걸었다. 매한테는 미안한 마음과 고마운 마음이 교차했다. 먹잇감을 빼앗아 미안했고, 자존심을 회복시켜주었기에 고마웠다.

집으로 돌아온 나는 가족들에게 "내가 직접 잡았당께."라고 했다. 하지만 꿩 몸에 난 상처를 본 어머니는 내 말을 그대로 믿지 않았다. 나는 이내 사실대로 말했다. 어머니는 "어떻게 잡았든지 니가 고상해서 잡았응께 잘했다."라고 하면서 내 어깨를 두드려 주었다. 어머니는 이어 꿩을 요리했고, 온 가족이 둘러앉아 맛있게 먹었다. 산골에서 먹은 가장 맛있는 저녁이었다.

며칠이 지나고 눈이 내리기 시작했다. 눈은 쉬이 그치지 않고 사나흘을 계속해서 내렸다. 급기야 뒷산 큰 나뭇가지들이 눈의 무게를 견디지 못하고 쩍쩍 소리를 내며 부러졌다. 어른들은 이런 눈은 처음 본다며 혀를 찼다. 하루쯤 더 지나자 마침내 눈이 그쳤다. 이어 눈부신 햇빛이 내리기 시작했다. 그러자 장끼 한 마리가 휘청거리며 우리 집 뒤뜰로 들어섰다. 눈 덮인 산에서 먹을 것을 찾지 못한 꿩이 마을로 내려온 것이었다.

그렇게 잡기 어려운 꿩이 재발로 들어오다니, 횡재가 아닐 수 없었다. 나는 힘이 없어 비틀거리던 꿩을 얼른 잡아 어머니에게 알렸다. 또 한 번 맛있는 꿩요리를 먹을 수 있겠다고 생각하니 벌써 입안에 군침이 돌았다. 어린 마음에 좋은 징조라는 생각도 들었다. 한데 뜻밖에 어머니는 "막둥아, 꿩 놔 줘라. 배고파 집에 온 짐승은 잡는 게 아니다."라고 했다. 나는 몹시 아쉬웠지만, 꽉 잡았던 손에 힘을 풀고 꿩을 놓아주었다. 이어 어머니가 보리쌀과 콩을 던져주니 허겁지겁 주워 먹었다. 잠시 후 기력을 회복한 꿩은 천천히 산으로 올라갔다.

그때 나는 어머니의 마음을 이해하지 못했다. 오랜 세월이 흐른 요즘에서야 비로소 어머니가 집에 들어온 꿩을 놓아주라고 했던 깊은 뜻을 알 것 같다. 오십하고도 중반이 넘어가는 나이가 돼서야 인생을 좀 알아가는 것 아닌가 싶다.

5/ 닭 이야기

    산골짜기에 벚꽃이 흐드러지게 피던 봄날, 어머니가 장에 가서 병아리 몇 마리를 사 왔다. 햇병아리였다. 처음 1주일 정도는 닭장이 아닌, 새끼로 꼬아 만든 큰 소쿠리 같은 곳에 놓아 길렀다. 혹시 죽지는 않을시 걱정에 석성을 더해가며 정성껏 키웠다. 하지만 결국 서너 마리는 죽고 예닐곱 마리가 살았다. 살아남은 병아리들이 좀 더 자라자 닭상으로 옮겼다.

    달포가 지나니 병아리 티를 벗고 어미닭을 닮아갔다. 날개에서 새로 털이 났고 움직임도 커졌다. 아직 병아리 티를 완전히 벗은 것은 아니어서 자잘한 곡식 알갱이를 모이로 주었지만, 감나무 아래 텃밭 한구석을 뒷발길질로 파헤치며 벌레를 잡곤 했다. 그러다 큰 지렁이가 나오면 부리로 몇 번 쪼다가 꿀꺽 삼켰다.

땡볕이 내리는 여름이 되니 완연히 어미닭의 모습을 보였다. 어머니는 '구구 구구구' 하면서 점심때 먹던 보리밥을 물에 말아 닭들에게 던져주었다. 그러면 그늘에서 쉬고 있던 닭들이 달려들어 '구구구' 하며 먹었다. 서로 먼저 먹겠다고 머리를 쪼며 싸우기도 했다. 힘이 약한 닭들은 견디다 못해 도망가곤 했다.

한여름이 되자 시집간 누나 가족들이 왔다. 누나네는 해마다 그때쯤 휴가차 시골집에 왔다. 누나네가 올 때다 싶으면 어머니는 방죽 너머 먼 신작로를 바라보곤 했다. 기다리던 손자 손녀들 말소리가 들리면 어머니는 나를 불렀고, 동네 어귀까지 같이 마중을 나갔다.

"아이고, 내 강아지들 어서 오니라. 그 먼 데서 여까지 오니라고 고상했다. 황 서방도 어서 오게."

누나는 군인인 매형을 따라 강원도 양구라는 깊은 산골에서 살았다. 산골로 따지면 우리가 사는 곳보다 더 깊었던 것 같다. 딸 아들 두 아이를 둔 누나를 어머니는 각별히 마음에 두었고, 장교로 군 생활을 하던 매형을 매우 좋아했다. 매형은 강원도에서 우리 산골까지 오는데 차를 아홉 번 갈아탔다고 했다. 누나네가 집에 들어서기 무섭게 우리는 암탉을 잡았다.

닭은 주로 아버지가 잡았지만, 어머니가 직접 잡기도 했다. 닭을 잡을 때는 두 날개를 꽉 잡고는 목을 비틀었다. 나는 무섭고 징그러워 손도 대지 못했지만, 아버지나 어머니는 거침이 없었다.

어머니가 닭 잡는 것을 볼 때면 저런 힘과 깡이 어디서 나올까 싶었다. 누나와 매형에 대한 애정까지 겹쳐져 어머니의 손에는 힘이 더 들어가곤 했다. 닭의 숨통이 끊어지면 뜨거운 물을 부었다. 그러면 털이 잘 뽑혔다. 이윽고 찹쌀과 마늘을 가득 넣고 푹 삶으면 맛있는 닭죽이 됐다. 누나네가 올 때, 그것도 매형이 와야만 먹는 특별한 음식이었다.

그렇게 맛있는 저녁을 먹고 나면 어머니 친구들이 왔다. 해남댁 큰딸과 장교 사위가 왔다는 얘기가 동네에 퍼진 것이다. 어머니들은 마치 자기네 딸과 사위이기라도 한 것처럼 정답게 얘기를 나눴다. 부러운 눈빛도 보였다. 그러면서 '암탉은 잡아주었는지, 맛은 어땠는지' 구구절절 물었고, 남은 닭죽을 먹기도 하면서 즐거운 여름밤을 보냈다.

누나네가 가고 여름 해가 짧아질 때면 완전히 어미가 된 닭들은 알을 낳기 시작했다. 처음엔 묽은 껍데기의 달걀을 낳는 일이 많았고 크기도 작았다. 그러다 점점 알이 크고 단단해졌다. 병아리가 커서 어느덧 알을 낳는다고 생각하면 기특하고 대견했다.

닭이 알을 낳을 때쯤 되자 아버지는 부엌 한구석 나뭇단 옆에 짚으로 둥지를 만들어 주었다. 편하게 알을 낳을 수 있도록 배려한 것이다. 닭들은 그곳으로 들어가 알을 낳고는 꼬꼬댁하고 울어댔다. 그러면 나는 옆에 쪼그려 앉아 있다가 달걀을 꺼내왔다. 가끔 바로 꺼내오지 않고 하루쯤 지나서 가보면 타원형의 달걀이 많게는 대여섯 개씩 옹기종기 모여 있었고 한두 개를 꺼내 올 때보다 훨씬 더 오지고 행복했다.

그러던 어느 날 아침이었다. 마당으로 나온 닭의 수가 많이 줄어 있었다. 이상하게 생각한 나는 닭장으로 갔다. 닭장 안은 여기저기 털이 날리고 있었고, 한두 마리는 죽어 있었다. 무언가로부터 공격을 받은 게 틀림없었다. 어머니는 살쾡이가 와서 닭을 물어 죽였고 몇 마리는 잡아먹은 것 같다고 했다.

어머니의 말이 맞았다. 사람이 잠든 밤이면 가끔 뒷산에서 살쾡이가 내려온다는 얘기가 있었다. 아버지와 나는 닭장에 난 구멍을 두툼한 철사로 촘촘하게 막고, 밤엔 닭장 문을 단단히 걸었다. 그 후로 더는 살쾡이가 닭을 잡아가지 않았지만, 닭의 수는 확 줄었고 낳는 달걀도 얼마 되지 않았다.

한번은 독수리가 나타나서 닭을 채간 일도 있었다. 어머니는 "으짜끄나, 안 그래도 닭이 부족한디 인자 설 떡국에 넣을 것도 없것네잉." 하고 한숨을 내쉬었다. 한 번 그런 일을 겪자 닭들은 독수리가 나타나면 얼른 닭장 안으로 도망가 숨었다. 나는 작대기를 들고 있다가 독수리를 쫓기도 했다.

그러던 늦여름 어느 날이었다. 외할아버지 제사를 지내기 위해 어머니와 외갓집에 갔다. 어머니와 외숙모는 제상에 올릴 음식을 준비하고, 나는 옆에서 잔심부름을 하고 있었다. 그때 탐스런 어미닭 여러 마리가 마당을 오가는 게 보였다. 그걸 본 어머니가 외숙모에게 말했다.

"어야, 먼 닭이 저라고 많당가?" 그 말에 외숙모는 자신감에 넘쳐 말했다. "오메 성님, 올해 우리는 닭이 겁나게 잘 큰당께라우." 그러자 어머니는 "자네가 잘 키운께 그라제."라며 외숙모를 칭찬했다. 어머니는 평소 손아래 외숙모 칭찬을 자주 했다. 그러면서 "우리는 살쾡이가 다 물어 가불고 씨암탉도 안 남게 생겼네."라고 한 마디 덧붙였다. 외숙모는 "성님, 그라면 내일 갈 때 두어 마리 가져갓시오."라고 말하며 베푸는 사람이 흔히 보이는 흐뭇한 표정을 지었다.

다음 날 외숙모는 암탉 두 마리를 잡아서 장바구니에 담아주었다. 집에 와서 마당에 닭을 풀었다. 그 순간 우리 집 닭들이 무섭게 달려들어 쪼기 시작했다. 가져온 암탉 머리에서 피가 흘렀다. 저러다 죽겠다 싶어 말렸지만 소용없었다. 한참을 그러고 난 후에야 조용해졌다. 어머니는 "사람들에게도 위아래가 있듯 닭들노 위아래가 있고, 그 순서를 정하니라고 그란다."라고 했다. 신기한 일이었다.

시간이 흘러 선선한 바람이 불어왔다. 한데 어느 날부터인가 내 몸이 한여름에 엿가락 늘어지듯 축 늘어지고, 논일을 할 때면 힘이 달렸다. 며칠이 더 지나자 귓가에서 윙~하는 소리만 들릴 뿐 말소리는 잘 들리지 않았다. 어머니가 부를 때는 말할 것도 없고, 또래 친구들이 하는 말도 잘 들리지 않았다. 답답하기 짝이 없었다. 곧 괜찮아지겠지 했지만 좋아지기는커녕 점점 더 심해졌다. 어머니의 걱정도 커졌다.

장날이 되자 어머니가 읍내 한약방에 들러 의원에게 물었다. 의원은 "잘 못 먹어서 그랑 것 같소. 영양가 높은 거 먹이면 금방 나을 것이요. 실한 닭 있으면 한 마리 잡아 줏시오."라고 말했단다.

장에서 돌아온 어머니는 물을 팔팔 끓인 후, 큰 암탉을 잡아 털을 뜯고 한참 동안 나뭇불을 때 고았다. 그렇게 쑨 닭죽을 일주일가량 먹었다. 그러자 들리지 않던 소리가 거짓말처럼 들리기 시작했다. 나는 어쩌면 영원히 못 듣게 될지도 모른다는 불안감에서 해방됐다. 어머니 역시 큰 걱정을 덜었다는 듯 안도의 한숨을 내쉬었다. 그때처럼 닭이 고마운 적도 없었다. 내가 직접 키우던 닭인지라 한편으론 미안한 마음이 들었다.

그렇게 한 해가 가고 새봄이 왔다. 어머니는 새끼로 꼬아 만든 바구니에 씨암탉 한 마리를 앉히고는 알을 품게 했다. 스무날쯤 지나자 삐약삐약 하고 병아리가 울기 시작했다. 얼마쯤 시간이 더 지나니 어미 닭은 노란 병아리들을 데리고 집 안 구석구석을 돌아다녔다. 우리와 함께 또 한 해를 살아갈 병아리 가족의 봄나들이었다.

6/ 뱀 이야기

"해남댁, 계시오? 뱀 잡어 왔어라우."

"오메, 그래야. 고상했다. 몇 마리 잡었냐?"

"세 마리라우."

"그라면 한 마리에 오십 원씩 백오십 원 주께잉."

만성 위장병에 복막염 수술까지 하게 된 어머니의 건강은 극도로 악화되고 있었다. 힘든 농사일에서 오는 피로와 아버지로 인해 받는 스트레스가 너무 컸던 탓이다. 아버지는 술만 드시면 취하고, 싸웠다. 그런 어머니의 건강은 태풍 앞 호롱불처럼 위태로웠다. 내가 여름내 장어를 잡아 구완해 드렸지만 잘 먹지 못한 탓에 큰 효과가 없었다. 결국, 최후의 방법을 쓰기로 했다. 뱀을 고아 먹기로 한 것이다.

마당 앞 돌담에 가마솥을 걸고 동네 사람들에게 뱀을 잡아 오면 돈을 주겠다고 알렸다. 처음엔 나와 형이 잡았지만, 한계가 있어서 사람들에게 알리기로 했다. 그러자 어른, 아이 할 것 없이 뱀을 잡아 왔다. 독이 없다는 꽃뱀이 대부분이었다. 돈도 돈이었지만 아픈 어머니를 위해 동네 사람들이 나선 것이다.

베풀기를 좋아하고, 사람 좋았던 어머니의 존재감은 동네에서 매우 컸다. 어머니가 막 문을 연 읍내 종합병원에 입원하자 우리 동네와 윗동네는 물론 다른 동네 사람들까지 거의 모두 문병을 오는 바람에 병원이 시끌벅적할 정도였다.

뱀을 잡아 탕을 끓이기로 한 건 주변 사람들로부터 '영양분은 뱀탕이 최고'라는 이야기를 들어서다. 산골 마을이어서인지 유난히 뱀이 많았던 것도 한몫했다. 꽃뱀부터 독사 살모사 능담 등 온갖 뱀들이 여기저기서 기어 다니곤 했다. 풀숲에서는 말할 것도 없고 광 안의 도가니 사이에서도 나왔고 부엌의 땔나무 틈에서도 나왔다.

뱀이 많다 보니 사고도 가끔 일어났다. 한번은 동네 아저씨가 독사에 물려 병원 치료를 받았다. 그 일 때문에 담임선생님이 독사에게 물리면 어떻게 하는지 대처 방법을 가르쳐주기도 했다. 풀밭에서 소꼴을 먹이고, 뱀을 잡으러 다니던 내가 한 번도 물리지 않았던 것은 천만다행이라고 할 만했다.

어머니를 위한다고는 해도 한여름에 탕을 끓이는 것도 쉬운 일은 아니었다. 사람들이 뱀을 잡아 오면 아버지가 껍질을 벗긴 후 솥에다 넣고 불을 땠다. 나는 장작을 가져다 불 때는 걸 도왔다. 장작은 금방 불이 붙는 게 아니어서 활활 탈 때까지는 상당한 노력이 필요했다. 불을 때다 보면 온몸이 땀범벅이 되곤 했다. 그렇게 한나절을 넘고 하루가 다 되어야 비로소 뽀얀 국물이 우러났다. 영양분 높다는 그 뱀탕이었다.

비위가 약했던 어머니는 처음엔 탕에 입도 대지 못했다. 마신다고 해도 다시 토하기를 반복했다. 며칠 동안 그렇게 하던 어머니가 어느 날부터 드디어 마시기 시작했다. "아따. 해남댁, 가족들 정성을 봐서라도 먹어야 한당께라우."라는 옆집 아저씨의 설득이 큰 영향을 미쳤다. 그렇게 달포를 하고 나자 어머니의 안색은 눈에 띄게 좋아졌다. 더불어 기력이 회복되면서 어느 정도 거동도 가능해졌다.

늦여름에 접어들자 어머니는 마침내 자리를 털고 일어났고, 마당에서 피이니던 연기도 멈췄다. 어머니의 회복은 나에게는 단순한 기쁨을 넘어 꺼져가던 희망이 다시 싹트는 것과 같았다. 아버지는 술과 노름에만 관심을 기울일 뿐, 사식들 교육에는 관심이 없던 터라, 어머니가 돌아가신다면 나는 초등학교도 마치지 못할 거는 불안감 속에서 하루하루를 보내고 있었기 때문이다.

그러던 어느 날, 방학이 끝나고 학교에 다녀오던 길이었다. 오후 2시경, 친구들과 둠벙에 들러 멱을 감기로 하고 논둑길을 걸어가고 있었다. 논둑 아래쪽은 돌로 가지런하게 쌓여 있었다. 물을 본 우리는 달리다시피 논둑을 내려갔다. 그때 나는 특이한 광경을 보게 됐다. 돌 틈 사이에서 능구렁이 한 마리가 길게 누워 낮잠을 자는 모습이었다. 호랑이 가죽처럼 빨간색과 검은색 줄무늬가 겹쳐진 능구렁이를 우리는 능담이라 했는데 마치 사람이 하늘을 보고 눕듯 벌렁 누워있는 보기 드문 광경이었다.

소름이 돋았다. 평소 어른들이 능담을 보면 특별히 조심해야 한다며 주의를 주곤 했기 때문이다. 능담은 유독 사나워 한번 물면 절대 놓지 않는다고 했다. 능담이 사람을 놓게 하려면 소가 세 번 울어야 한다고 했다. 게다가 독사나 살모사를 잡아먹는 뱀의 왕이라고도 했다.

나는 마음을 진정시키면서 급히 친구들을 불렀다.

"아야 아그들아, 얼릉 이리 와봐라. 여그 능담이 있당께. 얼릉아."

"진짜로?" "어디야?" "어디?" "우와!"

친구들이 우르르 몰려오자 뱀은 시끄러워 잠을 잘 수가 없다는 듯 느릿느릿 일어나더니 조그만 구멍으로 스르륵 사라졌다. 그 무섭다는 뱀을 보자 우리 모두 둠벙에 들어갈 마음이 싹 사라지고 말았다. 물에 들어가면 금세 그 뱀이 나올 것 같았다. 우리는 결국 멱감는 걸 포기하고 서둘러 집으로 향했다.

그날 저녁, 밥을 먹으며 낮에 보았던 능담 얘기를 꺼냈다. 아버지는 능담은 독은 없지만 사나운 뱀이라 조심해야 한다고 했다. 하지만 뱀술을 담그는 데는 능담이 최고라며 웃었다. 예전 같으면 뱀을 징그럽다고만 하고 말았을 어머니도 능담 이야기에 관심을 보이다가 구렁이 이야기를 보탰다.

어머니는 옆집 헛간 지붕 속에 구렁이가 산다고 했다. 약간 꺼져 있는 태를 보면 알 수 있다고 했다. 그 구렁이는 집과 재물을 지키는 영물이라 해치거나 내보내면 안 된다고 했다. 그러자 무섭고 징그럽던 구렁이가 마치 동네의 수호신이라도 된 것처럼 신성하게 느껴졌다.

그로부터 며칠이 지났다. 칡을 캐러 갔던 아버지가 칡넝쿨 아래 있는 돌 틈에서 살모사 한 마리를 발견하고 작대기로 목을 눌러 잡았다. 목을 묶은 뱀을 긴 막대기에 건 뒤 집으로 가져온 아버지는 가을 나락 공판 때 쓸 뱀술을 담그겠다고 하면서 나더러 술을 가져오라고 했다. 알코올 도수가 높은 됫병 소주였다. 내가 광으로 가서 소주병을 가져오자 아버지는 술을 조금 따라 마시고는 뱀을 꼬리부터 병에 넣은 후 얼른 뚜껑을 닫았다. 이어 땅을 파고 병을 묻었다. 그래야 잘 익는다고 했나.

뱀술은 주로 독사나 살모사로 담갔는데 독이 들어 있다 보니 매우 위험했다. 동네 한 아저씨는 술을 담근 지 몇 달이 지나 죽은 줄 알았던 뱀이 병뚜껑을 열자 튀어나오는 바람에 물릴 뻔한 일도 있었던 터라 매우 조심해서 담갔고, 나는 멀찍이 떨어져 구경했다.

추석이 지나고 추수가 시작됐다. 어머니는 아직 여의치 않은 몸을 이끌고 품앗이를 나갔다. 동네 사람들은 그런 어머니를 걱정 어린 눈빛으로 바라보았지만, 어머니는 나만 누워있을 수는 없다며 사람들의 만류를 뿌리친 채 들로 나갔다. 다행히 어머니의 건강은 그 힘든 가을 일을 감당해 낼 수 있을 만큼 서서히 회복돼 갔다. 사람들은 뱀탕의 힘이 세긴 센 것 같다고 입을 모았다.

가을걷이가 끝나자 공판이 열렸다. 공판은 정부에서 나락에 등급을 매겨 수매하는 일로 한 해 농사를 평가받는 자리였다. 어른들은 나락을 가마니에 담고 창문에 내는 격자무늬 모양으로 새끼를 단단히 묶은 후 마을회관 앞에 내놓았다.

공판에서 등급을 어떻게 받느냐는 매우 중요했다. 하지만 명확한 기준이 있었던 것은 아니었던 것 같다. 있다고 해도 오락가락했다. 등급을 매기는 공무원의 주관적 판단이 중요하게 작용했다. 그때 긴하게 쓰던 게 있었다. 뱀술, 즉 사주蛇酒였다.

공판 전날 저녁 어른들은 마을회관에서 공무원들을 만났다. 산골식 접대였다. 대부분 먹을 것 한두 가지씩을 가지고 모였다. 어른들은 약속이라도 한 듯 뱀술을 가져갔다. 마을회관은 마치 뱀술의 경연장 같았다. 집에서 신줏단지 모시듯 아끼던 술을 가져온 것이다. 노란색 술이 많았지만, 가끔 빨간색 술도 있었다. 빨간색은 능담을 담근 술이라 했다.

우리 집에서는 여름에 묻어둔 사주가 공판 때쯤 되자 빨갛게 우러

나고 있었다. 하지만 술을 좋아한 아버지가 색이 변하기도 전에 따라 마신 탓에 남아나는 일이 드물었다. 그렇다고는 해도 공판 때 쓸 술만큼은 남겨두었던 터라 다른 병에 조금 담아갈 수 있었다.

접대가 끝나고 돌아와 밤새 드르렁드르렁 코를 골던 아버지는 다음 날 아침 일찍 공판장으로 나갔다. 아버지를 비롯해 회관 앞에 모인 어른들은 진한 술 냄새를 풍겼지만 희망에 부풀어 있었다. 이윽고 공판이 시작됐다. 판정관이 반으로 쪼갠 대나무로 가마니를 푹 찔렀다. 그렇게 빼낸 나락을 판정관은 한참 동안 유심히 들여다보았다. 순간 공판장에서는 양쪽에서 당긴 줄이 곧 끊어질 듯 팽팽한 긴장감이 흘렀다. 이어 판정관이 가마니 위에 잉크 묻은 물건으로 등급을 표시했다. 광채 나는 눈으로 이를 지켜보던 어른들의 표정은 하나둘씩 환하게 밝아졌다. 공판이 끝나고 집으로 돌아가던 길에 어른들은 아이들처럼 신이 나서 뱀술의 효과에 대해 이야기를 나누었다.

신골 사람들에게 삶에서 뱀은 무섭거나 해로운 존재가 아니었다. 물론 독사에 물리면 위험하긴 했지만 그런 일은 많지 않았고, 오히려 도움을 줄 때가 많았다. 그렇듯 산골에서 뱀은 사람들과 떼려야 뗄 수 없는 고마운 생물이었다.

7 / 고라니 잡던 날

　산골의 겨울은 길고 무료했다. 그래서 시작한 것이 토끼잡이와 고라니잡이였다. 여름이 논둑에서 소꼴을 먹이고 방죽에서 장어를 잡는 철이라면, 겨울은 산에서 토끼와 고라니를 잡는 계절이었다.

　처음엔 토끼잡이부터 시작했다. 형들과 또래 친구들 몇 명이 모여 높은 산길에 구덩이를 깊게 팠다. 그 위에 지푸라기와 나뭇잎을 얹어 놓았다. 그러면 토끼가 빠졌다. 가끔은 오소리도 빠졌다. 그런데 그 방법에는 몇 가지 문제가 있었다. 우선 사람이 빠질 위험이 있었다. 실제로 나무하러 산에 갔던 동네 아저씨가 구덩이에 빠져 크게 다친 일도 있었다. 또 여러 명이 모여 공동으로 작업하다 보니 토끼나 오소리를 잡으면 몫을 나눠야 했는데, 공평하게 나누기란 결코 쉬운 일이 아니었다. 그런 이유로 구덩이 파는 방법은 오래가지 못했다.

혼자서도 할 수 있는 방법을 찾다가 이내 철삿줄로 올가미를 만들어 토끼가 다니는 길에 놓기로 했다. 혼자 하기에 안성맞춤이었다. 신이 난 나는 새벽같이 일어나 뒷산을 오르기 시작했다. 혼자 가다 보니 때론 무섭기도 했지만, 산을 오르기 시작하면 머릿속에서 토끼가 그려졌다. 그러면 못해도 하루에 한두 마리쯤은 잡을 수 있을 거라는 설렘으로 가득했고, 겨울이면 유독 힘들어지는 살림살이를 꾸려가는 어머니에게도 도움이 될 수 있을 거라는 생각에 산을 오르기도 전부터 가슴이 뛰었다.

토끼는 같은 길만 다니는 속성이 있어서 뭐라도 흔적만 찾으면 됐다. 평상시엔 한약처럼 동글동글하게 누는 똥을 찾았다. 눈이 내리면 토끼 흔적을 찾는 게 한결 수월했다. 발자국만 찾으면 됐기 때문이다. 그러니 눈 오는 날 산을 오르는 것은 그 자체로도 재미가 있었고, 새하얀 눈 위에 나 있는 발자국을 보면서 깡충깡충 뛰었을 토끼들을 상상하는 것도 매우 흥미 있었다.

동네에는 전문적으로 토끼와 고라니를 잡는 아저씨도 있었고, 또래 친구도 있었다. 그들은 거의 매일 한두 마리씩 잡았다. 그 모습을 보면 나도 금방 잡을 수 있을 것 같았다. 하지만 웬일인지 나에겐 걸려들지 않았다. 그들의 올가미를 자세히 봤지만 내 것과 큰 차이가 없어 보였다. 처음엔 그럴 수도 있겠다 싶었는데 시간이 지나도 성과가 없자 실망스러움을 넘어 창피한 생각마저 들었다. 경험이 많은 아저씨는 그렇다 치더라도 친구가 고라니를 잡았다는 얘기를 들을 때면 은근히 뿔이 나기도 했다.

어느 날인가는 친구가 큰 고라니 한 마리를 두 팔에 힘주어 안고 나더러 보란 듯이 우리 집 앞을 지나쳐 갔다. 자존심이 몹시 상했다. 며칠간의 고민 끝에 토끼잡이를 그만두고 고라니잡이로 방향을 바꾸기로 했다. 어차피 토끼잡이도 시원치 않던 터라 이왕이면 크고 값나가는 고라니를 잡는 것이 좋겠다는 판단에 이른 것이다.

그러자면 한 가지 해결해야 할 문제가 있었다. 올가미였다. 토끼 잡는 올가미는 가는 철사만으로 쉽게 만들 수 있었지만 고라니 올가미는 얘기가 좀 달랐다. 고라니는 덩치가 크고 힘이 훨씬 더 셌기 때문에 단단한 와이어 줄이 필요했다. 하지만 그걸 마련하기란 쉽지 않다. 전문적으로 할 것도 아니니 어머니께 와이어 줄을 사 달라 하기도 어려웠다. 생각 끝에 밭에다 치는 울타리용 철사 중에서 버려진 것을 모아 올가미를 만들기로 했다. 이렇게 만든 올가미는 와이어 줄로 만든 것에 비하면 형편없었지만 그래도 쓸 만은 했다.

나는 곧바로 고라니 몇 마리쯤은 문제없이 잡을 것 같은 기대감에 들떠 올가미를 놓았다. 다음 날 아침은 평상시보다도 훨씬 더 일찍 잠에서 깼다. 새벽닭이 울기도 전에 주섬주섬 옷을 걸쳐 입고는 어둠을 가르며 집을 나섰다. 하지만 기대는 이내 실망으로 끝나고 말았다. 다음 날도 또 다음 날도 허탕이었다. 그렇게 빈손으로 돌아가는 날이 계속되자 포기할까 하는 생각이 고개를 들기 시작했다. 그러던 어느 날 이해하기 힘든 일이 벌어졌다.

그날도 평상시처럼 아침 일찍 일어나 산으로 갔고, 마지막으로 산에서 밭으로 이어지는 길에 묶어둔 올가미를 확인하게 됐다. 그런데 올가미가 보이지 않았다. 누군가 걷어갔다고 생각하니 화가 났다. 뒤돌아서려다 혹시 모르겠다 싶어 나무 밑동을 자세히 살폈다. 나무엔 상처가 나 있었고, 보이지 않던 올가미 줄이 살짝 드러났다. 고개를 갸우뚱하며 올가미를 들어 올렸다.

그 순간 눈을 의심할 수밖에 없었다. 밭둑 너머에서 몸통은 없고 머리만 있는 토끼 한 마리가 올라온 것이다. 몇 번을 다시 봐도 분명히 토끼였다. 누구 짓일까 한참 생각해보았다. 사람이 그럴 리는 없다는 생각에 이르렀다. 이내 살쾡이가 떠올랐다. 가끔 집까지 와서 닭을 집아먹곤 했던 살쾡이 짓이 틀림없다.

어렵게 잡은 토끼를 잃었다고 생각하니 부아가 치밀고 아쉬움도 컸다. 한편으론 창피한 마음노 생겼다. 고라니 올가미에 토끼가 걸렸으니 뭔가 잘못돼도 크게 잘못됐다는 생각이 든 것이다. 여태 고라니를 잡지 못했던 데엔 다 이유가 있었던 것이다. 이 사실을 가족들은 물론 동네 사람들이 알게 되면 얼마나 한심하게 여길까 하는 걱정까지 들었다.

토끼 머리를 들고 집에 온 나를 본 가족들의 반응은 예상대로였다.

나는 토끼를 잃었다는 아쉬움보다 고라니 올가미에 토끼가 걸렸다는 사실에 얼굴을 들기조차 어려웠다. 그날부터 고민에 고민을 거듭하다 내 올가미와 전문가 아저씨의 올가미를 주의 깊게 비교했다. 큰 차이는 없었지만 뭔가 조금은 다른 것 같았다. 나는 그대로 따라 하기로 하고 철삿줄로 된 올가미를 다시 놓았다.

며칠이 지났다. 그러는 사이 생활비에 대한 어머니의 걱정도 깊어 갔다. 어머니는 "낼모레가 제사라 생선도 사야 쓰것고, 밀가리도 떨어져 가네잉."라고 혼잣말로 얘기했다. 마음이 착잡해졌다. 내가 해야 할 일을 하지 않거나 못해서 그런 것처럼 느껴졌다. 하루빨리 고라니를 잡아서 파는 수밖에 없다고 생각하며 의지를 불태웠다. 그러던 어느 날 마침내 크고 윤기 나는 고라니 한 마리를 잡는 행운이 나에게 왔다.

여느 때와 다름없이 아침 일찍 일어나 올가미를 놓아둔 산으로 갔다. 처음 몇 개의 올가미에서는 아무런 수확이 없었다. 마지막 한 개가 남아있었지만, 큰 기대는 없었다. 고라니가 다니는 길이라는 확신 없이 대충 놓아두었던 올가미여서다. 올가미 바로 앞에서 힘없이 고개를 들었다. 그런데 이게 웬일인가. 뜻밖에 커다란 고라니 한 마리가 눈앞에 떡하니 누워있는 게 아닌가. 믿기지 않았지만, 분명히 고라니였다.

길 가다 큰돈을 주웠을 때보다 더 흥분된 마음으로 철삿줄을 서둘러 풀고는 고라니를 둘러멘 채 집을 향해 달렸다. 심장이 쿵쿵 뛰었다.

머릿속엔 근심 어린 어머니의 얼굴이 떠올랐다. 의기양양하던 친구의 얼굴도 떠올랐다. 추운 날씨였지만 등은 땀으로 흥건히 젖고 있었다. 집에 도착해 마당 위에 고라니를 힘껏 내던지듯 내려놓았다. 그 모습을 본 가족들은 모두 믿을 수 없다는 표정을 지었다. 소식을 듣고 집으로 온 동네 어른들은 "뿔이 없고 쬐깐한 송곳니가 있는 거 봉께 영락없이 암컷 고라니네."라고 입을 모았다.

어머니는 옆집 친구를 불렀고, 친구는 읍내에서 식당을 하는 친척에게 연통을 넣었다. 고라니는 읍내 식당에 높은 가격으로 팔렸다. 어머니의 표정은 더없이 밝아졌고 나의 얼굴엔 남모르게 흐뭇한 미소가 번졌다. 그날부로 바닥까지 떨어질 뻔한 자존심도 회복했다. 나를 위해 자신을 희생해준 한 마리 고라니의 덕분이자 힘이라고 생각하니 고라니가 그렇게 고마울 수가 없었다. 한데 고라니잡이가 나에게 준 진짜 힘은 다른 데서 발휘됐다.

나는 2005년부터 <희망원정대>라는 프로그램 제작차 여러 차례에 걸쳐 히말라아 안나푸르나와 아프리카 최고봉 킬리만자로를 오른 적이 있었다. 당시 같이했던 사람들은 히말라야의 신이라 불리는 산악인 엄홍길 대장과 십수 차례에 걸쳐 히말라야 트레킹을 다녀온 적 있던 한국 문단의 거장 소설가 박범신 선생 등 40여 명에 이르렀다.

당시 겁 없이 프로그램을 진행해 나갈 수 있었던 힘도, 대원들이 고소증과 체력의 한계를 느끼며 힘겨워하던 절체절명의 위기와 고통을 극복할 수 있었던 힘도, 모두 어린 시절 고라니를 잡겠다고 뒷산을 오르내리던 경험에서 나왔다고 생각하기 때문이다. 그 일 이전까지만 해도 서울 인근 산도 한 번 가본 적 없던 터라 내가 그 높은 산을 오를 수 있었던 힘의 원천은 어릴 적 뒷산이라고밖에 할 수 없었다.

그렇게 고라니를 잡은 후부터 크든 작든 나의 성취는 대부분 거의 포기할 무렵에 왔다. 그날 잡은 고라니가 내 삶에 있어 성취의 시기를 알려주었고 삶에 임하는 자세를 깨닫게 해준 셈이다. 그렇기에 나는 어떤 일이든 쉽게 포기하지도, 안달을 내지도 않았다. 지금도 그러하며, 앞으로도 그럴 것이다.

8/ 소죽

　여름이 소꼴을 먹이는 계절이라면 겨울은 소죽을 끓이는 계절이라고 할 수 있었다.

　겨울 오후 4시쯤 되면 소죽 쑬 채비를 했다. 먼저 뒤뜰 장독대 옆에 있는 샘에서 물을 길어 양동이에 부은 후 소죽솥 아궁이까지 날랐다. 큰 가마솥에 물을 중간 넘게 채우려면 여러 차례 왔다 갔다 반복해야 했다. 샘에서 아궁이까지는 비교적 먼 거리여서 무거운 물을 나르기에 꽤 힘이 들었다.

　가마솥에 물이 다 차면 아궁이에 불을 땠다. 처음엔 나뭇가지를 꺾어 때다가 불길이 살아나면 장작을 올렸다. 그렇게 30여 분 가까이 때면 물이 끓었다. 그러면 볏짚을 잘게 썰어 만든 여물을 가득 넣고 솥뚜껑을 닫았다. 가마솥 뚜껑은 무거워서 어린 내가 들기란 쉬운 일이 아니었다. 10여 분 동안 더 불을 때면 아래쪽 여물이 익어가며 물이 넘쳤다. 그때를 놓칠세라 솥뚜껑을 열고 자루가 긴 낫으로 여물을 뒤집었다.

다시 불을 땠다. 그러면 여물이 물을 머금으며 익어갔다. 그 위에 사료와 함께 호박, 가지 같은 영양가 높은 것들을 넣고 뜸을 들였다. 한참이 지나면 솥에서 향기로운 냄새가 났고, 잔불 정리를 하면 하루 중 가장 중요한 일이 얼추 끝났다. 잠시 후 불이 사그라들면 아궁이에 고구마를 넣고 불쏘시개를 들어 벌건 재를 덮었다.

다시 한 시간여가 지나면 외양간으로 소죽을 퍼 날랐다. 뜨거운 소죽을 양동이에 가득 넣고 뒤안길을 통해 가져가면 소가 외양간 밖으로 고개를 내밀었다. 이어 문턱을 넘어 나무로 만든 커다란 구유에 소죽을 쏟아 내면 소는 얼른 입을 가져다 댔다. 뜨거운 소죽이 입에 닿으면 소는 깜짝 놀라 고개를 흔들었다. 그때 소의 목에 걸어둔 맑은 풍경소리가 멀리 퍼졌다.

다른 집들은 대개 외양간과 소죽솥 아궁이가 붙어 있었지만, 우리 집은 외양간이 부엌에 딸려 있어 거리가 꽤 있었다. 그 때문에 소죽 퍼다 주는 일이 매우 힘들었다. 먼 길을 양동이에 소죽을 퍼 나르다 뜨거운 국물이 흘러 다리나 발을 데는 일도 많았다. 밤에는 어두워 한 손에 남포등을 들고 다니느라 힘이 더 들었다.

뜨겁던 소죽이 조금 식으면 소는 혀를 날름거리며 맛있게 먹었다. 그걸 보고 있노라면 내 배가 부른 것 같았다. 소는 고맙다는 듯 큰 눈으로 나에게 곁눈질을 보내곤 했다. 나는 뿌듯한 마음으로 잠시 그 모습을 보다 방으로 와서 저녁을 먹었고, 식사가 끝나면 소죽솥 아궁이에 딸린 작은방으로 갔다. 방은 설설 끓고 있었다. 너무 뜨거워 이불이 눌어붙는 일도 있었고, 장판이 까맣게 타는 일도 많았다.

밤이 깊어가면 호롱불을 켠 채 방바닥에 누워 상상의 나래를 펴곤 했다. 혹여 우리나라가 외국과 축구라도 하면 그걸 듣고 싶어 낡은 라디오를 켰다. 하지만 대부분 '지지직'하는 잡음으로 듣기가 어려웠다.

한번은 라디오에서 버마(미얀마)와 축구 중계를 하는데 잡음이 많아 이리저리 다이얼을 돌리는 사이에 골을 먹었다. 두 번을 그러더니 2 대 0으로 졌다. 라디오를 제대로 듣지 못해 분통이 터졌지만 골 먹는 장면 중계를 듣지 못했던 것이 오히려 다행이라는 생각도 들었다. 중계가 끝나자 소에게 밤참 줄 시간이 됐고, 이내 내의만 입고 나와 다시 소죽솥으로 갔다.

희미한 불빛의 남포등을 들고 양동이에 소죽을 퍼담은 후 외양간으로 갔다. 그러면 혼자 앉아 되새김질하던 소는 어기적거리며 일어섰다. 소죽을 주고 나서 다시 방으로 들어가면 드디어 긴 겨울의 일과가 끝나고 맘 편히 잘 수 있었다.

방에 들어가 잠을 청하면 오히려 정신이 말똥말똥해져서 방 윗목에 두었던 군고구마 껍질을 벗기고는 한입에 넣었다. 입에 들어간 고구마에서는 단물이 줄줄 흘렀다. 가끔은 고구마 대신 팔팔 끓는 소죽솥에 넣어 쪘던 달걀을 먹기도 했다. 그때 눈이라도 와서 소복이 쌓이면 분위기가 그만이었다. 당시는 눈이 잦았고, 산골엔 유독 많이 내렸다.

다음 날 까만 새벽에 일어나 종종걸음으로 다시 소죽솥 아궁이로 갔다. 이어 냉기로 가득한 솥 아궁이 앞에 쪼그리고 앉아 나뭇불을 땠다. 그러면 밤새 식은 소죽에서 다시 김이 났고, 이내 밤보다 더 맛있는 소죽 냄새가 돌았다.

솥뚜껑을 열고 소죽을 몇 번 뒤집은 뒤 양동이에 펐다. 이어 외양간으로 가면 '아침 식사가 온다' 싶은 소가 먼저 일어나 긴 꼬리를 흔들었다. 구유에 소죽을 채우고 다시 방으로 돌아가면 새벽 군불을 땐 아랫목에서 온기가 느껴졌다. 잠시 몸을 데우다 보면 이불에서 나오기 싫었다. 하지만 토끼나 고라니를 잡으러 가기 위해서는 이불을 그대로 둔 채 밖으로 나와야 했다.

일주일여의 시간이 지나면 소죽 쑬 여물이 떨어졌다. 아버지와 나는 작두를 내려놓고 볏 짚단을 펼친 다음 잘게 썰었다. 볏짚은 주로 아버지가 성냥개비 하나의 간격으로 작두날에 넣었고, 내가 작두 끝 손잡이를 잡은 채 힘껏 눌렀다. 그러면 한 무더기의 여물이 날 반대편으로 떨어졌다. 그 모습을 볼 때면 신이 났다. 하지만 일주일 동안 소에게 먹일 여물을 만드는 일은 쉽지 않았다. 게다가 그 일은 주로 일요일 아침에 했던 탓에 토요일 저녁만 되면 골치가 지근지근 아팠다.

두 손으로 힘껏 작두를 누르면 점차 힘이 빠지면서 온몸에 땀이 났다. 연신 땀을 훔치면서 한 시간여간 작두질을 하고 나면 짚단 자르는 일은 어느 정도 마무리됐다. 이어 고구마 줄기나 호박 줄기를 잘랐다. 짚단이 쌀이라면 고구마 줄기는 쌀에 섞어 영양과 맛을 더하는 '수수'나 '조'라고 할 수 있었다.

서리 맞아 까맣게 변한 고구마 줄기는 짚단을 자를 때보다는 더 수월했지만, 훨씬 더 정신을 집중해야 했다. 줄기는 양이 얼마 되지 않고 가늘어서 작두날에 넣는 아버지도, 손잡이를 내려 자르는 나도 매우 조심스러웠다. 그렇지 않으면 작두날에 손을 베기 십상이었고, 한 번 베이면 약도 없던 산골이라 상처가 오래갔다. 여물을 다 썰고 나면 오랜만에 목욕이라도 한 듯 개운했다. 일주일 동안에 걸쳐 꼭 해야만 하는 가장 어려운 숙제를 마친 것이나.

긴 겨울이 가고 들판에 새싹이 돋아나면 소는 외양간 밖으로 나왔다. 이윽고 더 따뜻한 봄볕이 내리면 들판으로 나갔다. 그때부터 소는 멍에를 걸치고 논밭을 가는 힘든 일을 시작했다. 그런 소를 보면 마음이 아팠다. 하지만 그때 비로소 나는 멍에를 벗었다. 소죽으로부터 해방된 것이다.

9/ 외양간 청소와 마른 풀베기

"막둥아, 짠데기 뜯으러 가자. 얼릉 망태기 메라."

둘째 형이 싸리나무로 엮어 만든 바지게를 지며 재촉했다. 나는 마지못해 낫이 든 망태기를 어깨에 걸쳐 메고는 형을 따라나섰다. 산에 자란 잔디 풀을 베기 위해서였다. 가는 곳은 공동묘지 옆 반반한 땅이었다. 해가 잘 드는 데 비해 나무가 많지 않아 부드러운 잔디 풀이 잘 자라는 곳이었다. 눈이 와도 금방 녹았다.

산 잔디 풀을 베어 와야 했던 이유는 외양간 바닥에 깔기 위해서였다. 외양간 바닥은 딱딱한 흙이어서 소가 앉아서 쉬거나 잠을 자기에는 적합하지 않았다. 사람들이 방바닥에 요를 깔 듯 바닥에 부드럽고 푹신한 풀을 깔아주어야 했다. 그래야 소가 추운 겨울을 편하고 따뜻하게 날 수 있었다.

논이 많은 집은 바닥에 짚을 깔아주었는데 우리는 그럴 수 없었다. 논이 많지 않았고, 얼마 되지 않는 짚은 소죽 쑤는 여물로 써야 했기 때문이다. 그러기에 다른 사람들이 하지 않아도 되는 일을 해야 했던 셈이다. 마치 늦가을에 이삭을 줍는 것과 같아서 하고 싶지 않은 일이었다.

논둑을 지나고 냇가를 건너 20여 분을 가면 공동묘지가 나왔다. 그 옆 옴팍한 곳에서 한여름 더운 날씨에 잔디 풀이 무성하게 자랐다. 바로 그곳에 여자가 머리를 풀어 헤친 듯 황갈색의 긴 잔디 풀이 누워있었다. 잠시 숨을 고른 형과 나는 망태기에서 낫을 꺼내 들고 풀을 베기 시작했다. 형이 잘 갈아둔 낫에 '쓱쓱' 소리를 내며 잘려 나가는 그 풀을 보면 하기 싫었던 마음과는 달리 묘한 쾌감이 일기도 했다.

두어 시간을 베고 나면 일주일 정도 외양간에 깔 수 있는 잔디 풀이 씰였다. 그러면 포내에 담아 발로 꾹꾹 밟아 누른 뒤 주둥이를 묶었다. 잘 밟아 부피가 줄어든 풀을 한곳에 모으면 상당한 양이 됐고, 그걸 보노라면 따뜻하게 보낼 소가 떠올랐다.

잔디 풀을 다 모은 후 바지게를 똑바로 세우고는 두세 개 포대를 얹어 채웠다. 형은 그 포대를 등에 지고, 나는 어깨에 메고 내려왔다. 무거운 걸음으로 집에 와서 마른 풀 포대를 마당에 내려놓고 다시 산으로 갔다. 이어 같은 방식으로 지고, 메고 왔다. 집에 오면 다리가 풀리고 등에서는 땀이 주르륵 흘렀다. 마당에 들어서 포대를 내려놓고 한쪽으로 가지런히 정리해 두면 풀 베어 오는 일은 얼추 끝났다.

문제는 다음 날이었다. 하룻밤을 자고 나서 외양간을 치워야 했다. 먼저 소를 마당으로 끌고 와 한쪽에 매어 두고 쇠스랑으로 외양간 바닥에 쌓인 축축한 잔디 풀을 꺼냈다. 소 오줌과 똥이 묻은 풀은 무겁고 냄새도 많이 났다. 쇠스랑으로 찍어서 끌고 나오는 것을 제외하고 그 풀들을 꺼내는 특별한 방법은 없었다. 한 번 또 한 번, 그렇게 수십 번을 하고 나면 허리가 아팠다. 내가 이렇게 힘들고 지저분한 일을 왜 해야 하는지 생각하면 화도 났다. 하지만 피할 수는 없었다.

잠시 허리를 펴고 쉬기를 여러 차례 하다 보면 그 많던 소똥 묻은 잔디 풀도 어느덧 다 없어지고 바닥이 드러났다. 싸리비로 바닥을 싹싹 쓸고 물을 뿌렸다. 시간이 지나면 고슬고슬하게 말랐다. 그러면 전날 산에서 베어 잘 마른 잔디 풀을 조심조심 바닥에 흩뿌렸다. 소를 끌고 들어와 묶으면 힘들고 짜증나는 외양간 청소는 어느 정도 마무리되는 셈이었다. 하지만 그걸로 끝이 아니었다. 밖으로 꺼내 놓았던 소똥과 오줌에 절은 풀을 정리하는 일이 남은 것이다.

마지막으로 그 지저분한 풀을 이전에 돼지우리 옆에 무덤처럼 동그랗게 쌓아 올려놓았던 것 위에다 큰 포크로 더 높이 쌓아 올렸다. 그제야 모든 일이 끝났다. 소똥 묻은 이 풀들을 오랫동안 쌓아두면 영양가 높은 두엄이 되고, 두엄은 논이나 밭에 뿌려 곡식을 키우는 거름이 될 터였다. 하지만 일을 마치고 거울을 보면 손과 발은 말할 것도 없고 옷에도, 심지어 얼굴에도 소똥이 묻어있었다. 그 모습을 볼 때면 울고 싶을 뿐이었다.

한겨울 내내 그렇게 키운 소는 봄이 되면 모내기를 위해서 논을 갈았고, 써레질을 했다. 모내기가 끝난 여름이면 두세 시간 동안 논가에서 풀을 먹이며 나는 소와 둘만의 오후를 보냈다. 어머니가 아파서 읍내 병원에 입원을 했을 때는 그 소를 팔아 병원비를 충당하기도 했다.

세월이 지나서 알게 됐다. 소에서 나온 것은 어느 것 하나 버릴 것이 없었다는 사실을. 또 가진 것이 없으면 더 많이 일해야 한다는 사실도. 아울러 그 힘들던 외양간 청소가 인내와 의지를 키우는 약이 됐다는 사실도 알게 됐다. 그러고 보면 소는 교훈을 일깨워 주는 동물이었고, 가족이자 친구였다.

이야기 넷,
소년과 농사일

거머리가 물었다

이야기 넷, 소년과 농사일
– 거머리가 물었다

1/ 해남 물감자

　'물감자'는 땅끝 해남의 특산물인 고구마를 일컫는 말이다. 수분이 많아 무르고 단맛이 나는 해남산 고구마를 물감자라 불렀다. 그 일대에서는 고구마를 감자라 했고, 감자는 북감자 혹은 하지감자라 불렸다.

　해남은 2월 중순만 돼도 산골짜기에서 동백꽃이 빨갛게 피었고, 논에서는 보리가 파랗게 자랐다. 땅끝 산골 마을에 봄이 온 것이다. 봄이 오면 마을 사람들은 몸도 마음도 바빠졌다. 봄 일 가운데 빼놓을 수 없는 것이 감자, 즉 고구마를 심는 것이었다.

　우리는 텃밭에 씨감자를 심었다. 감자는 곧 싹을 틔웠고, 금방 자라 긴 줄기가 되었다. 늦봄이나 초여름이 되면 줄기를 일정 크기로 잘라 밭에다 옮겨 심었다. 비 오는 날을 택했다. 뿌리가 잘 내리도록 하려면 물기가 필요했고, 연한 줄기를 심기에도 무직한 흙이 좋았다. 그러니 비를 맞지 않을 수 없었다. 부모님을 따라 굳은 비 내리는 날 줄기를 밭이랑에 심는 일은 참 싫었다.

이렇게 심은 감자는 한여름이 되면 맛있는 반찬이 됐고 간식도 됐다. 어머니가 밭에 나가 보라색 넝쿨에서 나온 감자 순을 따왔다. 그 순을 삶아서 벗긴 뒤 된장에 무치면 입맛을 돋우는 최고의 여름 반찬이 되었다. 또 밭두둑을 살짝 파면 아직 밑이 덜 든 어린 감자가 나왔고, 그중에서 큰놈들을 몇 개 캐서 간식으로 쪄 먹곤 했다.

줄기를 옮겨 심을 때와는 달리 늦가을이 되어 감자를 캘 때 느끼는 기쁨은 굉장히 컸다. 먼저 서리를 맞아 검게 변한 줄기와 이파리를 걷어 냈다. 이어 조심조심 모래성을 허물듯 불룩한 두둑을 호미로 헐어 내면 진한 자색 감자들이 딸려 나왔다. 덩굴져 나오는 경우도 많아서 보리나 벼 등 다른 농작물을 거둘 때보다 재미가 훨씬 더 쏠쏠했다.

수확이 끝나면 감자를 밭고랑에 한 줄로 가지런히 모아두었다. 그 줄은 보기만 해도 뿌듯하고 배가 불렀다. 지게를 지는 것은 어린 나에게는 버거운 일이어서 아버지가 지고 큰길까지 날랐다. 대신 나와 어머니는 큰길에서 길쭉길쭉한 감자를 손수레에 옮겨 실었다. 손수레가 가득해지면 내가 앞에서 끌었고, 어머니가 뒤에서 밀었다.

집으로 가져온 감자는 가족들이 자는 안방 한쪽 구석에 차곡차곡 쌓았다. 먼저 대나무로 엮은 발을 쳐서 방 한쪽을 막았다. 그것을

'두대통'이라고 했다. 그렇게 쌓은 감자는 넓은 공간을 차지했고, 거의 천장까지 닿을 정도였다. 그러면 산골 마을의 겨울나기 준비는 얼추 끝났다. 그때부터 우리는 감자와 한방에서 잤고, 감자는 적어도 이듬해 2월까지 없어서는 안 될 중요한 겨울 양식이 됐다.

산골 마을의 겨울 점심은 거의 매일 감자에 싱건지(동치미)였다. 어머니는 한낮이 되면 방안의 두대통에서 감자를 몇 개 꺼내 씻었다. 솥 안에 대접을 엎은 후 감자를 넣고 물을 부었다. 그런 다음 땔나무를 꺾어가며 아궁이에 불을 때면 더할 나위 없이 맛있게 익었다. 불을 때는 일은 주로 내 몫이었다. 나는 부지깽이를 들고 불이 잘 타도록 뒤적여 가면서 어머니와 나란히 앉아 도란도란 이야기를 나누곤 했다.

물감자가 익어갈 때쯤이면 약속이나 한 듯 어머니 친구 몇 명이 집으로 왔다. 어머니는 그때다 싶어 솥뚜껑을 열었다. 그러면 하얀 김이 높은 부엌 천징까지 빈졌고, 어머니는 잠시 기나렸나가 솥 안에서 느거운 감자를 꺼냈다. 이어 양푼에 담아 방안으로 들인 후 껍질을 벗기면 바로 노란 속살이 나왔다. 무직하면서 달큰한 감자를 후후 불다가 물면 입안으로 쏙 들어가 녹아내렸고, 몇 번 오물거리다 삼키면 세상이 다 내 것 같았다.

어머니와 친구들은 그렇듯 군불 땐 방안에 옹기종기 모여 앉아 물감자를 먹으며 웃음 반 수다 반으로 이야기꽃을 피웠다. 그러면 제아무리 눈 내린 겨울이라도 춥기는커녕 훈훈하고 따뜻했다. 나는 옆에 앉아 산골 어머니들의 그 구수한 수다를 재밌게 듣곤 했다.

이때 빠질 수 없는 것이 뒤뜰 장독대에서 갓 퍼 온 싱건지였다. 감자를 한입에 꿀꺽 삼킨 후 살얼음이 떠 있는 싱건지 한 모금을 마시면 더 바랄 게 없었다. 만성 위장병으로 인해 소화가 잘되지 않아서 배를 움켜잡고 살다시피 했던 어머니였지만 이렇게 먹을 때만큼은 소화를 걱정하지 않아도 됐다.

어머니의 싱건지 맛은 담백하고 깔끔해 우리 동네는 물론 다른 동네까지 소문이 자자했다. 친구분들 역시 물김치를 담았으면서도 어머니의 솜씨에 감탄해 마지않았고, 그럴수록 어머니는 신이 났다. 나는 이후에도 이보다 더 맛있는 동치미를 먹어보지 못했다.

점심으로 감자를 쪄 먹었다면, 밤 간식으로는 감자를 구워 먹었다. 군감자의 맛과 향기는 찐 감자와는 또 달랐다. 내가 굽는 방식은 이랬다. 소죽을 쑤고 난 후 불길이 좀 사그라든다 싶으면 감자를 불 속에 묻었다. 위쪽이 다 익으면 한 번 뒤집어 주면 끝이었다. 가끔 제때 뒤집지 않아 새까맣게 타는 일도 있었지만, 대개는 부드러워진 잿불 속에서 적절히 익었다. 그렇게 구운 감자는 먹을 것 없는 산골의 긴 긴 겨울밤을 행복하게 해주었다. 감자를 구웠던 소죽 끓이던 작은방은 밤새 설설 끓었고, 군감자의 향기가 가득 퍼졌다.

감자는 또 초등 분교 또래 친구들이 학교를 오갈 때 먹는 간식이 되기도 했다. 방학이 끝나고 학교에 갔다 올 때, 꽤 먼 거리를 걷다 보면

출출해졌다. 그때를 대비해 중간쯤에 있는 산 나무 아래에 감자 몇 개를 숨겨 두었다가 먹곤 했다. 전방도 하나 없던 그 길에 마땅히 먹을 게 없던 산골 아이들이 머리를 맞대고 생각해 낸 기막힌 아이디어였다.

그러던 중 언젠가 숨겨 둔 감자가 여기저기 파이고 쪼개진 일이 있었다. 누구 짓인가 싶어 주변을 둘러보니 다람쥐 두어 마리가 우릴 보고 달아났다. 다람쥐에겐 미안했지만, 그 후로는 숨기는 장소를 바꿨다.

추운 겨울이 지나가고 따뜻한 바람이 불어올 때쯤이면 방안에 한 아름 쌓아둔 감자들이 바닥을 드러냈다. 가끔은 썩는 냄새가 방안에 퍼지기도 했다. 봄이 온다는 신호였다. 그러면 씨감자로 쓰기 위해 좋은 것을 추려내고, 나머지는 서둘러 쪄 먹거나 소여물로 썼다. 곧 뒤뜰에신 송아지가 기지개를 켰고, 냇가에선 개구리가 팔짝 뛰었다. 그러면 우리는 다시 텃밭에 씨감자를 심었다.

2/ 오뉴월 보리 치기
- 세상에서 가장 싫은 일

가을 추수가 끝나면 바로 논을 갈고 보리를 심었다. 형편이 좀 괜찮은 집은 심지 않았지만, 우리는 꼭 심었다. 곧 싹이 돋았다. 겨울이 오고 눈이 내리면 어린싹이 하얀 눈으로 뒤덮였다. 때로 발이 빠질 정도로 높이 쌓인 눈 속에서도 시들지 않는 파란 보리싹을 볼 때면 신기했다. 혹시 추워서 어린싹이 죽지는 않을까 걱정했지만, 어른들은 눈이 많이 내려야 풍년이 든다고 했다.

날이 좀 풀리고 눈이 녹으면 보리를 밟으러 논으로 갔다. 추운 겨울에 먼 논까지 가야 한다는 건 싫은 일이었다. 하지만 그렇게 해야 뿌리를 잘 내린다고 했다. 처음엔 치밀어 오르는 부아를 달래려고 힘껏 밟았다. 한데 그렇게 하다 보면 없던 재미가 생겼다. 보리가 죽는 거 아닌가 싶어 걱정도 됐지만, 오히려 잘 자랐다.

이른 봄이 되면 한창 자라는 보리를 조금 베어 왔다. 국을 끓이기 위해서였다. 봄볕을 받아 파릇파릇해진 보리를 된장에 넣고 끓이면 상큼한 맛이 났다. 그렇게 몇 번을 먹고, 시간이 지나면 줄기에서 보리 알갱이가 나왔다. 파랗던 보리가 누렇게 익어 갈 때면 들판의 경치가 그렇게 아름다울 수 없었다.

가끔 또래 친구들과 학교를 마치고 집에 가는 길에 보리를 꺾어 논 근처 냇가로 갔다. 나뭇가지 위에 검불을 올려 불을 피웠다. 그 불에 겉보리를 살짝 얹으면 까끄라기는 타서 없어지고, 보리 알갱이는 거뭇하게 익었다. 그러면 손으로 몇 번 비빈 후 입에 넣고 오물오물 씹었다. 친구들은 서로 빨리 먹겠다고 손을 들이밀다 싸우기도 했다. 그러는 사이 머릿속 한구석에서는 스멀스멀 걱정이 생기기 시작했다. 보리 칠 때가 서서히 다가오고 있었기 때문이다.

보리는 대개 오월 중순부터 쳤다. 먼서 보리를 베고 논바닥에 눕혀서 말렸다. 사나흘 후 경운기에 탈곡기를 연결했다. 경운기는 동네에 고작 한 내밖에 없어서 미리 날짜를 잡아야 했다. 우리는 대부분 일요일로 잡았다. 어떨 때는 날짜가 맞지 않아 평일에 쳐야 하는 일도 있었다. 그러면 나는 학교에 가지 못했다.

보리는 나락(벼)과는 달리 알갱이 끝에 돋아난 까끄라기 때문에 타작하기가 두세 배는 더 힘들었다. 게다가 날씨가 무더워지는 시기라 땀이 더 많이 났고, 그 땀에 까끄라기가 묻으면 살갗이 가렵고 아팠다.

그런 탓에 농사일 중에서도 절대로 다시는 하고 싶지 않은 일을 꼽으라고 하면 역시 보리 치는 일이다.

초여름에 가까운 오월 어느 날, 흔히 그랬듯 우리는 일요일을 보리 치는 날로 잡았다. 중학교에 막 입학해 치게 되는 첫 중간시험이 다음 날부터였지만, 그 말은 꺼내지도 못했다. 이른 아침부터 옆집 경운기가 우리 논으로 왔다.

경운기 주인이 시동을 걸었다. 보릿단을 탈곡기에 올리자 알갱이는 가마니 안으로 떨어지고 누런 보리 짚과 보리 티끌인 까끄라기는 멀리 날려서 수북이 쌓였다. 그 까끄라기를 들어 다른 데로 옮기는 게 내가 맡은 일이었다. 제일 단순한 일이었지만 제일 어려운 일이기도 했다. 하루 내 그러고 나면 얼굴은 온통 먼지와 까끄라기로 덮여 알아보기도 어려울 정도가 되었다. 온몸은 가시가 엉겨 붙은 듯 따끔거렸다.

논이 많지 않아 오후 서너 시가 되자 보리 치는 일은 얼추 끝나갔다. 그제야 난 어머니에게 "엄마, 내일부터 중간시험이 있어서 가야해."라고 말했다. 그러자 어머니는 못내 미안한 표정을 지으며 "그래야? 그러면 얼릉 가그라."라고 했다. 그러고는 늦지 않게 읍내 가는 차를 타라고 했다. 하지만 차비가 없었다. 나는 어머니에게 "차비 없어."라고 말했다. 그러자 어머니는 몹시 당황하면서 "가다가 모산양반 집에 들러 이천 원만 꿔 달라고 해라."라고 말하고는 다시 보리를 담았다. 그때 나는 읍내에서 자취하고 있었고, 다음 날 학교에 가려면 차를 타고 자취방에 가야 했다.

그쯤에서 나오는 게 마음에 걸렸다. 하지만 막차 시간이 다 돼가고 있어 하는 수 없이 논에서 나왔다. 집에 오는 길에 냇가에 들러 몸을 대충 씻었지만, 까끄라기는 다 씻기지 않았다. 주섬주섬 옷을 입고 집으로 가는 도중 모산양반 집에 들렀다. 어머니 말을 전하며 돈을 빌렸다. 그렇게 돈 빌리는 일이 벌써 여러 차례였던 터라 너무나 싫었지만 어쩔 수 없었다. "돈을 빌리러 가는 것은 슬픔을 빌리러 가는 것이다."라는 말의 의미를 나는 그때 깨달았다. 이윽고 집으로 가서 일주일 동안 먹을 반찬 통을 들고 나왔다.

차를 타는 곳까지는 30여 분을 걸어야 했다. 가는 길에 몸 여기저기가 바늘로 찔리듯 아팠고 보릿짚 냄새도 났다. 고개를 드니 재 너머에서 버스가 오는 것이 보였다. 있는 힘을 다해 뛴 덕에 겨우 차를 탈 수 있었다. 하지만 온몸은 땀으로 범벅이 됐고, 다리마서 풀려갔다.

차를 탄 사람들이 많아 좌석에 앉지 못하고 서서 가야 했다. 선 채로 30여 분을 꾸벅꾸벅 졸고 나니 읍내 터미널에 도착했다. 사방은 평온한 가운데 어둑어둑해지고 있었다. 자취방에 들어서 밥상같이 낮은 책상에 앉으니 졸음이 주체할 수 없을 정도로 쏟아졌다. 아무리 눈을 부릅떠도 눈꺼풀은 무겁게 내려앉았고, 몸은 여전히 따끔거렸다.

책을 보는 둥 마는 둥 하다 책상에 잠시 엎드렸다. 화가 나기 시작했다. 그러더니 눈물이 났다. 어른이 되면 '절대로 농사는 짓지 않겠다'고

다짐했다. 나는 다시 일어나지 못하고 그렇게 잠들고 말았다. 다음 날 시험 결과는 말할 것도 없이 형편없었다.

그때의 다짐 때문일까. 나는 농사짓는 일을 하지 않는다. 보리밥도 잘 먹지 않는다. 요즘 흔히 먹는 다이어트식이나 별미로도 잘 안 먹는다. 먹는다 해도 몇 년에 한 번 먹을까 말까고, 그나마 여럿이 같이 먹을 때뿐이다. 보리밥을 보면 까끄라기 뒤집어쓰며 보리를 치던 일이 떠올라서다. 하지만 아이러니하게도 힘들게 보리 치던 그 일이 살면서 고통을 이겨내는 힘의 원천이 됐던 것 같다. 그보다 더 싫고 힘들었던 일은 없었으니 말이다.

3/ 모내기하던 날

모내기는 산골의 일 년 농사 중 제일 중요한 일이었다. 모내기를 하는 날이면 아침을 먹는 둥 마는 둥 하고 논으로 갔다. 일꾼들이 오기 전에 미리 모찜을 논 가운데에 날라두어야 하고, 챙겨야 할 다른 일도 많았기 때문이다. 게다가 우리 논은 집에서 멀리 떨어져 있어 서두르지 않으면 안 됐다.

아버지와 형은 가래며 삽귀, 못줄 등 모내기에 필요한 여러 농기구를 실은 손수레를 끌고, 나는 소를 끌고 논으로 갔다. 논에 도착하면 나는 먼저 가까운 풀밭에 소를 매 두었다. 그러고는 곧바로 논으로 들어가 한곳에 묶어둔 모찜을 물이 가득한 논 가운데로 던졌다.

해가 산 위로 올라오면 일꾼들이 왔다. 아버지들은 밀짚모자를 쓰고, 어머니들은 수건을 쓴 채 몸빼바지(일바지)를 걷어붙이고는 물이 흥덩한 논으로 들어왔다. 이윽고 한 줄로 길게 선 후 구석부터 못줄에 맞춰 모를 심기 시작했다. 논은 아버지가 며칠에 걸쳐 밀가루보다 부드럽게 써레질을 해두었던 터다.

못줄은 내가 잡았다. 못줄 잡는 일은 아이들이 할 수 있는 쉬운 일에 속했기 때문이다. 하지만 혹여 간격을 잘못 맞추면 줄이 삐뚤빼뚤해지기 일쑤였고, 그러면 나중에 피를 뽑거나 농약을 치기에 불편함이 많았다. 그러니 신경을 꽤 많이 써야 하는 일이었다.

그렇게 한 시간여가 지나면 일꾼들은 논둑으로 나와 잠시 쉬었다. 허리를 잔뜩 굽혀 모를 심는 것은 매우 힘든 일이어서 오래 계속하기 어려웠다. 십여 분을 쉬고 나서는 다시 논으로 들어가 모를 심었다. 일꾼들은 흥에 겨웠지만 연일 계속되는 모내기 일에 벌써 힘들어하는 사람들도 있었다. 그러면 노래를 부르기 시작했다. 노래는 한 사람이 앞서 부르면 여럿이서 뒤따라 불렀다. 노랫말은 대부분 풍년을 바라는 내용이었고 박자가 단순해 따라 부르기 쉬웠다.

"에헤에헤 여루 상사듸야. 여루 상사듸야……."

노래를 부르면 피로감을 잊을 수 있다고 했다. 그렇게 한 시간여를 더 일하면 어머니와 누나가 새참을 이고 논으로 오는 것이 보였다. 멀리서 새참 가져오는 것을 본 일꾼들의 얼굴에는 미소가 번졌다. 겨우 경운기 한 대가 다닐 정도 너비의 길가에 새참을 펴고 나서 어머니는 일꾼들을 불렀다.

"에마리오, 새참 묵게 얼릉 나옷시오."

아버지도 일손을 멈추고 "어야 동국이, 새참 묵고 하세. 옥기랑 다들 얼릉 나오게."라고 크게 소리쳤다. 일꾼들은 손에 들고 있던 모를 마저 심고는 논에서 나와 길가에 둥그렇게 앉았다. 아버지는 먼저 대접에 막걸리를 가득 따라 아버지들에게 한 잔씩 돌렸다. 아버지들은 막걸리를 벌컥벌컥 마셨고, '꺼억'하며 트림을 했다. 그 트림 소리는 즐거움의 소리였고, 만족의 다른 표현이었다. 어머니들도 가끔은 막걸리를 한 잔씩 마셨지만 주로 찐 북감자(감자)에 열무김치를 먹었다. 젊은 새댁은 새참을 먹는 대신 한 쪽으로 돌아앉아 제비 새끼 같은 어린아이 입에 젖을 물렸다.

새참의 힘은 컸다. 다시 논으로 들어간 일꾼들의 손놀림은 더 빨라졌고, 노랫소리도 커졌다. 덩달아 못줄 옮기는 간격도 짧아졌다. 그렇게 두어 시간을 더 일히면 드디어 점심시간이 됐다. 어머니와 누나는 그새 집에 가서 점심을 준비해왔다. 평소엔 거친 보리밥을 먹어도 이 날만큼은 기름기 흐르는 흰 쌀밥을 먹을 수 있어 좋았다.

목이 말라가던 일꾼들은 새참 때보다 술잔을 좀 더 길게 기울였다. 그러다 보면 금세 막걸리가 동나곤 해서 나는 밥을 먹다 말고 술도갓집에 가 막걸리를 받아오곤 했다. 술이 한 순배 돌면 조금 전 심었던 모와 논을 주제로 이야기꽃을 피우기 시작했다. 이어 자식들 이야기로 넘어갔다가 소·돼지로 이어지는 등 이야기 주제는 대중이 없었다.

어머니들은 주로 밥과 반찬, 혹은 그릇을 이야깃거리로 삼았고, 중간중간에 '까르르 까르르' 웃음이 터지곤 했다. 한번 피어난 어머니들의 웃음꽃은 좀처럼 그치지 않았다.

한 시간 남짓 점심을 먹고 나면 다시 오후 모심기가 시작됐다. 햇볕이 뜨겁게 내리쬐는 가운데 오전에 못줄을 잡던 나는 오후가 되면 모찜 옮기는 일을 했다. 아침에 적당한 간격을 두고 펼쳐두었지만, 모가 떨어진 경우가 많아 일꾼들에게 모찜을 가져다주어야 했다.

논둑에서 못줄을 잡을 때와는 달리 모찜을 옮기려면 논 가운데로 들어가 여기저기 돌아다녀야 했다. 처음엔 물을 첨벙이며 일꾼들에게 모찜을 대주는 일이 재미있었다. 하지만 흙탕물 속에 푹푹 빠지는 발을 이리저리 옮겨 다니다 보면 힘에 부쳤다.

이때 무엇보다 힘들고 싫었던 것은 거머리와의 싸움이었다. 헐렁한 바지를 걷어붙인 채 맨발로 논을 휘젓고 다니다 보면 다리에 시커먼 거머리가 붙었다. 흉측하게 생긴 거머리는 미끄러워 손에 잘 잡히지도 않았고, 잡혀도 쉽게 떨어지지 않았다. 어렵게 그것을 떼어 내면 피가 주르르 흘렀다. 한 번 물리면 피가 잘 멈추지 않았고, 둥그런 흉터는 오래도록 남았다.

네댓 시간을 더 일하다 보면 해가 서서히 서쪽 산을 넘어갔고, 다섯 마지기 모내기는 얼추 끝나갔다. 그러면 나는 소를 끌고 바쁜 걸음으로 집에 가서 마당 한쪽에 묶어두고, 저녁을 위해 큰 덕석을 두세 개

붙여 깔았다.

그러는 사이 모내기를 마치고 논에서 나온 아버지들은 바로 옆 개울로 가서 몸을 씻었다. 그러고는 각자 집에 들러서 소에게 풀을 던져주거나 돼지 밥을 주고 다시 우리 집으로 모였다. 잔치라고 할 수 있는 저녁 모밥을 먹기 위해서다. 일꾼들이 사립문을 들어설 때마다 어머니는 연신 "얼릉 옷시오." 하고 큰소리로 외쳤다.

저녁밥은 점심때보다 훨씬 더 많이 준비해야 했다. 어머니가 품앗이를 온 집에서는 그 가족들까지 같이 와서 밥을 먹었기 때문이다. 어머니가 다른 집 품앗이를 나가면 나 역시 그 집으로 가서 저녁을 먹곤 했다. 저녁은 대개 미역국에 갈치나 감자조림이었다. 나뭇불을 때서 준비한 그 음식들은 어머니의 솜씨까지 더해져 부드러우면서도 깊은 맛이 났고, 일꾼들은 마파람에 게 눈 감추듯 맛있게 먹었다.

주기를 좋아하고 사람들을 즐겁게 해주는데 능헀딘 어머니는 일꾼들에게 밥과 반찬을 더 권했다. 막걸리는 대접이 넘쳐나도록 따랐다. 그러면 일꾼들은 목소리 높여 어머니에게 덕담을 건넸다. 이렇듯 모내기하는 날은 웃음꽃이 피어났고, 그 어느 때보다 흥겨운 잔칫날이 되었다. 밤이 깊어지면 일꾼들은 하나둘씩 집으로 돌아갔다. 길었던 여름날의 잔치는 그렇게 막을 내렸다.

4/ 태풍 '애그니스' 호

무서운 태풍이 왔다. '애그니스 호'라고 했다. 밤새 번개가 치고 비가 거세게 내렸다. 그전에는 경험하지 못했던 엄청난 비바람이었다.

"큰일 나겄다. 먼 비가 이라고 온다냐. 나락 다 자빠질 것인디 으째야 쓰까잉."

어머니의 표정은 어두워졌고, 한숨 소리는 커졌다. 나는 무섭기도 하고 걱정도 됐다. 그토록 비바람이 세게 치면 물난리가 날 것은 물론이고, 한참 익어가는 나락이 다 쓰러질 것 또한 불을 보듯 뻔했다. 한두 번 겪은 일이 아니었지만, 그날은 특히 심했다.

나락도 나락이지만 당장 초가집 지붕이라도 날아가는 거 아닌가 싶어 잠을 이룰 수가 없었다. 지붕뿐만이 아니었다. 집 자체도 문제였다. 그러잖아도 기울어 있고, 기둥밑동이 썩어가고 있던 초가집인지라 어쩌면 금방 쓰러질지도 모른다는 걱정이 앞섰다. 방 한쪽에서는 벌써 비가 줄줄 새고 있었다.

밤새 부들부들 떨다가 설핏 잠이 들었다. 일어나 보니 바람은 잦아들었고, 비는 멎어가고 있었다. 문밖으로 나왔다. 마당에는 옆집 감나무에서 떨어진 푸른 감과 이파리들이 산더미처럼 쌓여 있었다. 얼른 지붕을 올려다보았다. 곳곳이 파여 있었고, 용마름은 어디론가 날아가고 없었다. 말 그대로 쑥대밭이었다.

아침을 먹는 둥 마는 둥 하고 아버지 어머니와 함께 서둘러 논으로 갔다. 가는 길에 보이는 다른 집 논들은 이미 물에 잠겨있었고, 나락은 무논에 누워있었다. 그쯤 되면 한 해 농사는 망친 거나 다름없었다. 우리 논이라고 별수 있을까 싶어 불안감이 가슴까지 퍼졌다.

서둘렀다. 멀리서 보이는 모습이 심상치 않았다. 좀 더 가까이 갔나. 그새 어머니의 놀란 목소리에 까무러질 뻔했나.

"워메 저것이 머시라냐. 냇갈 뚝이 터졌는 갑이어야."

어머니는 엉엉 울면서 그 자리에 주저앉고 말았다. 파란 나락이 있어야 할 논이 하얗게 변해 있었다. 밤새 내린 폭우에 우리 논 위로 나 있던 둑이 터졌고, 그 사이로 모래며 자갈이 논을 덮친 것이다. 그 모습을 보고 아버지는 달려갔다. 나는 축 늘어진 어머니를 부축해 논으로 갔다. 나쁜 예감은 빗나가지 않는다 해도 그 정도까지 일 줄은 몰랐다.

가까이 가서 본 논은 더는 논이 아닌 자갈밭이었다. 터진 둑 사이로 흘러온 토사가 부채꼴 모양으로 논을 덮고 있었다. 여물어 가던 나락은 겨우 몇 줄기 고개를 내밀고 있었다. 다섯 마지기 논 중에 한 마지기는 완전히 자갈밭이 됐고, 그 아래 논은 중간 정도까지 자갈이 덮쳐있었다. 나머지 논은 물에 잠겨있었다. 태풍은 이렇듯 유독 가난한 우리 집에 더 처참한 상처를 남겼다. 나는 하늘을 보며 원망했다.

고난이 시작됐다. 한 해 농사를 망친 정도를 넘어선지라 충격과 상심은 더 컸다. 학교는 뒷전이었다. 시간만 나면 손수레를 끌고 논에 가서 자갈을 주워 날라야 했고, 가래로 흙을 퍼서 멀리 내다 버렸다. 말이 자갈이지 바위에 가까운 큰 돌들도 많았다. 아무리 큰물이 졌다고 해도 이렇듯 큰 돌들이 어떻게 쓸려 왔을까 싶을 정도였다.

태풍이 할퀴고 가자 햇볕은 다시 여름으로 돌아간 듯 강렬하게 내리쬤다. 항상 싫고 힘든 게 논일이었지만 절망 상태에서 하는 논일은 고통 그 자체였다. 뙤약볕에 삽질을 하고 손수레를 밀어대자 어느 때부턴가 살갗이 뻘겋게 타더니 곧 벗겨지기 시작했다. 농사에 대한 없던 정마저 다 떨어졌다. 나는 죽어도 농사는 짓지 않겠다고 다시 한번 결심했다.

곧 추석이 되었지만, 햅쌀은커녕 떡 한 시루도 하기 어려웠다. 차례상 올릴 정도로 약소한 음식과 과일을 준비하는 게 고작이었다. 도시로 간 큰 형과 누나들이 보내준 돈으로 그 허술한 상이나마 차릴 수 있었다.

추석 명절이 끝나고도 자갈 치우기는 계속됐다. 그렇게 달포를 일하고 나자 어느 정도 논바닥이 드러났다. 불가능할 것 같던 일이 가능으로 바뀐 순간이었다. 때마침 정부에서 무너진 둑을 다시 쌓는다는 소식이 들려왔다. 절망이 희망으로 바뀌는 순간이었다.

보름 정도가 더 지나자 정상으로 회복되었다. 하지만 거둘 수 있는 나락은 거의 없었고, 그즈음에 심을 수 있는 곡식도 없었다. 더불어 형편은 더 어려워질 수밖에 없었다.

그 후로도 태풍은 그치지 않았고 큰물 지는 일은 잦았다. 어머니는 비만 오면 하늘을 보며 한탄했다. 또 안 오면 안 와서 걱정이었다. 곁에서 그런 어머니를 보면 안타까웠다. 농사꾼과 그 자식의 숙명이었다.

그때마다 어머니도, 나도 제일 부러운 사람은 월급쟁이였다. 어머니는 "자식 중 한 명이라도 반드시 월급쟁이를 만들고 말겠다."라고 다짐했고, 그 대상은 나였다. 그 후 어머니는 틈만 나면 귀에 못이 박히도록 '월급쟁이'를 강조했다. 월급쟁이가 아니라도 농사는 짓지 않겠다는 나의 각오 역시 쇠줄처럼 단단해졌다.

세월이 흘렀다. 나는 어머니가 그토록 염원해 마지않던 월급쟁이가 되었다. 그것도 사무직 월급쟁이가 되었다. 그러니 어머니의 원은 풀어드렸다고 할 수 있다. 게다가 내가 하고 싶었던 방송국 피디가 되었으니 큰 성취는 아니라도 최소한의 성취는 이룬 셈이다. 절망을 안겼던 태풍이 오히려 걸림돌이 아닌 디딤돌이 된 것이다.

5/ 아버지와 술, 그리고 제초제

아버지는 술을 많이 마셨다. 술을 마시면 심하게 취했고, 가족들은 공포에 떨었다. 어머니 말에 따르면 젊었을 때는 술을 입에도 대지 않았다가 마흔 줄에 접어들면서 마시기 시작했단다. '늦바람이 용마름을 벗긴다'는 옛말을 증명이라도 하듯, 늦게 배운 아버지의 술은 무서웠다.

읍내 오일장에 다녀오는 날이면 아버지는 항상 술을 마시고 왔다. 술에 취한 아버지가 고래고래 소리 지르는 건 특별한 일이 아니었다. 옷가지를 태우거나 짚더미에 불을 지르는 일도 허다했다. 때리는 일도 많았다. 누나와 내가 아버지한테 두들겨 맞지 않으려면 다른 집으로 피해야 했다. 그런 밤이면 지옥이 따로 없었다. 하지만 그 지옥보다도 더 힘들고 창피한 일은 다른 데 있었다.

한번은 아버지가 크게 다친 일이 있었다. 원인은 역시 술이었다. 윗 동네에 일이 있어 술을 먹게 됐다고 했다. 술에 대해 절제가 부족했던 아버지는 주는 대로 받아 마셨고, 안 주면 직접 따라 마셨다. 그날도 예외는 아니었다. 그러고는 밭으로 갔다. 밭 위에는 우리가 관리하던 산이 있었다. 그 산에는 땔나무를 해서 쌓아둔 나뭇벼늘이 있었다. 아버지는 취한 몸으로 그 나뭇벼늘에 올라갔다.

나뭇벼늘은 매우 높았다. 아버지는 그 벼늘을 손보겠다고 사다리를 타고 올라가서는 그만 바닥으로 떨어지고 말았다. 그 일로 크게 다쳐 한동안 움직이지도 못했다. 그런 일이 잦았던 터라 가족들한테는 절망스럽고 분통터지는 일이 아닐 수 없었다. 그런데 그 일은 더 큰 일의 시작에 불과했다.

하루는 한여름 논이 빨갛게 변해버린 일이 있었다. 벼가 한창 파랗게 지리던 논이 빨갛게 변했으니 구경도 그린 구경이 없있다. 그 사실을 알린 건 옆집 아저씨였다. 물을 대기 위해 논에 다녀오던 길에 빨갛게 변한 우리 논을 본 아저씨는 깜짝 놀라 어머니를 찾았다. 어머니와 나는 온갖 불길한 생각을 다 떠올리며 급히 논으로 갔다. 멀리서도 뻘겋게 변한 논이 선연히 보였다. 가까이 다가가서 보니 태풍으로 둑이 무너져 자갈밭으로 변한 적이 있던 바로 그 논이었다.

사람들이 수군거리고 있었다. 어머니와 내가 가자 그중 몇 사람이 내막을 설명하며 위로의 말을 건넸다. 술을 먹은 아버지가 해충을 잡기 위해 농약을 한다는 것이 제초제를 뿌렸다고 했다. 어머니는 "오메, 으째야쓰까. 인자 우리는 어찌게 사까아~." 하면서 통곡하다가 이내 정신을 잃고 말았다. 며칠이 지나자 빨갛던 벼가 이내 꺼칠하게 메말라 갔다.

한창 자라던 벼에 뿌린 제초제는 태풍보다 더 큰 고통을 주었다. 태풍이야 모든 사람이 겪는 것이고, 얼마쯤 정부의 지원을 받을 수도 있었다. 그게 아니더라도 동정은 받을 수 있었다. 하지만 술 먹고 뿌린 제초제로 벼가 벌겋게 타버린 논은 이야기가 달랐다. 그 사실은 순식간에 온 동네에 퍼졌다. 먹고살기 어려워졌다는 것보다 당장 부끄럽고 창피하기가 이루 말할 수 없었고, 고개를 들고 다니기도 어려웠다.

논부터 갈아엎기로 했다. 남우세스러워서라도 하루빨리 갈아엎어야 했다. 한여름에 논을 갈아엎는 걸 지켜보는 마음은 고통스럽기 짝이 없었다. 그것은 상실과 절망과 분노가 복잡하게 뒤엉키는 시간이기도 했다.

논을 갈아엎고 나니 무얼 심어야 할지 고민됐다. 씨앗 살 돈은 또 어떻게 마련할 것인지도 걱정됐다. 나아가 어떻게 먹고살 것이며, 예전에 진 빚은 또 어떻게 갚아야 할 것인지에 대한 불안과 걱정이 태산처럼 높아져 갔다. 항상 그러했듯 그 걱정과 뒤처리는 고스란히 어머니 몫이었다.

한동안 눈물과 한숨으로 보내던 어머니는 다시 일어섰다. 어머니는 지금 심을 수 있는 건 마늘이 제일인 것 같다며 의지를 다졌다. 종자를 살 돈은 옆집에서 빚을 내기로 했다. 며칠이 지나 찜통같이 덥던 여름날, 어머니의 뜻대로 우리는 논에 마늘을 심었다. 물론 그날 나는 학교에 가지 못하고 고랑을 만들어야 했다. 나의 가슴 깊은 곳에서 분노가 치밀어 올랐다.

그러는 가운데서도 시간이 흘러 두어 달이 지나자 마늘 심은 논에서 파릇파릇한 싹이 돋았다. 그 모습을 보는 나의 마음은 좋다기보다 불편했고, 학교 오가는 길에 일부러 고개를 반대쪽으로 돌리며 걸었다. 불편한 현실을 외면하고 싶었던 것이다. 또 그렇게 하면 혹여 또래 친구들이 꺼낼지도 모를 그 이야기를 미리 막을 수 있을 것 같았다.

얼마간의 시간이 더 흐르자 나락의 키만큼 마늘 줄기가 자랐고 마늘종도 났다. 그러자 밖으로 드러나 보이던 상처는 시시히 아물어 가는 듯했다. 하지만 노랗게 익어가야 할 가을 논에 파란 마늘이 자란다는 것은 여전히 부끄럽고 창피했다. 그렇듯 그해 어름과 가을은 참으로 길고도 잔인했다.

오랜 세월이 흘렀다. 하지만 한여름에 빨갛게 변한 논은 한순간도 잊히지 않았다. 붉은색을 볼 때면 그때의 상처가 덧나는 것 같았다. 그 탓에 남들에겐 열정의 색으로 인식되는 그 붉은색이 나에게는 아픔의 색이 되기도 했다. 그만큼 아버지와 술은 나에게 극복하기 어려운 트라우마가 됐다. 한데 언제부터인가 아버지에 대한 내 생각이 조금씩 변하기 시작했다. 계기는 1년 동안 미국에서 살고 있을 때 왔다.

2009년, 방송국 연수 프로그램에 선정된 나는 워싱턴 D.C.에 가게 됐다. 그렇게 시작된 이역만리 먼 물리적 거리는 나의 삶을 되돌아보는 계기가 됐고, 아버지에 대해서도 다른 각도에서 생각하게 됐다. 그러던 중 아버지가 돌아가셨다는 연락을 받았다. 아버지의 부음은 내 생각의 변화를 가속화시키는 촉매제가 됐다.

귀국과 출국을 반복하는 과정에서 아버지와의 관계는 물론 술에 대해 오랫동안 생각하게 됐다. 왕복 30여 시간에 걸친 비행 동안 슬픔과 원망이 교차했고, 출국 후 일상으로 돌아가서도 고통스러운 시간이 계속됐다. 하지만 시간이 더 흐르면서 아버지에 대한 이해와 함께, 반면교사(反面教師)로 재해석하려는 노력을 지속적으로 시도했다. 결국 나는 아버지의 그 험했던 술버릇이 지금의 주사(酒邪) 없는 나를 만들었다는 긍정적 해석에 이르게 됐다. 그 덕에 지금은 마음이 편해졌고, 오히려 아버지에게 감사하며 살고 있다.

6/ 이삭줍기

황금빛 들판이 황량하게 변해가던 늦가을 오후, 학교 수업이 끝나고 또 친구들 대여섯 명과 집으로 가고 있었다. 해 질 녘 물 빠진 방죽 논바닥에 모여서 공을 차자며 한창 들떠 있던 참이었다. 그때 저쪽 우리 논에서 어머니 목소리가 들렸나.

"막둥아, 막둥아~, 얼릉 이리 와서 이삭 줏어라."

나는 짐짓 못 들은 체하며 친구들 안쪽으로 자리를 옮겨 계속 걸었다. 그러면 어머니가 날 알아보지 못할 수도 있겠다 싶었던 것이다. 논이 신작로에서 좀 멀리 떨어져 있어 여럿이 가면 정확히 알아보기는 어려울 거라고 생각했다.

평소와는 다르게 그날만큼은 꼭 공을 차고 싶었다. 논일에 잡히면 공을 차지 못할 것은 뻔한 일이었다. 하지만 매의 눈을 한 어머니한테서 벗어날 수 없었다. 어머니는 다시 더 큰 소리로 불렀다. 조금 전보다 더 내가 맞다는 확신에 찬 목소리였다.

"막둥아, 엄마 말 안 들리냐? 얼릉 이리 오니라."

친구들은 '네가 숨어봐야 어쩌지 못한다'는 듯, 아니면 '너 때문에 공차기는 물 건너갔다'는 듯 내 얼굴을 쳐다보았다. 결국, 나는 친구들과 멀어져 논으로 가야 했다. 억지로 끌려가는 송아지의 심정이 이럴까 싶었다. 가까이 가자 아버지 어머니가 벼 이삭을 줍고 있었다. 나는 내팽개치듯이 책보를 던져두고 고개를 푹 숙인 채, 논 안으로 들어갔다.

나락을 베고 난 뒤 볏단으로 묶는 과정에서 논바닥에 몇 줄기씩 이삭이 떨어지곤 했다. 대다수의 집에서는 그걸 줍지 않고 논을 갈았다. 하지만 논에 비해 가족이 많았던 우리는 한 톨의 쌀이라도 허투루 버릴 수 없었다. 그런 이유로 어머니는 꼭 이삭을 줍게 했고, 밥풀 하나도 남기지 못하게 했다.

이삭을 주울 땐 논 한쪽 끝에서 시작해 다른 쪽 끝으로 가며 바닥을 샅샅이 훑었다. 하나라도 빼놓지 않으려면 마른 논바닥을 뚫어지게 내려다보아야 했다. 이삭 줍는 게 내키지 않았던 나는 설렁설렁 걸으며 이삭을 줍지 않고 지나치기 일쑤였다. 그때 옆쪽으로 가던 어머니가 내 줄에 남아있는 이삭을 보기라도 하면 "저건 왜 안 줍냐?"라며 벼락같이 호통을 쳤다. 그럴 때면 당장 논 밖으로 뛰쳐나가고 싶었지만 차마 그럴 수는 없었다. 그렇게 꾹꾹 참으며 허리 굽혀 이삭을 줍는 심정이란 말로는 표현하기 어려웠다.

오뉴월에 보리 치는 일만큼은 아니어도 이삭줍기 역시 그렇듯 아주 싫은 일 중 하나였다. 꼭 힘이 들어서만은 아니었다. 스산한 늦가을에 논일을 하는 것 자체가 싫었고, 이까짓 게 되면 얼마나 된다고 이렇게까지 해야 할까 하는 생각이 들어서였다. 추수가 끝나 더는 일을 하지 않아도 되겠거니 했는데, 뜻밖의 일을 더 하게 됐을 때 드는 못마땅한 심정도 한몫했다.

다섯 마지기 논을 다 돌고 나서 주웠던 이삭을 모으면 생각했던 것보다는 많았다. 티끌 모아 태산이라 할 수 있었다. 그걸 본 어머니는 이렇게 많은 이삭을 그냥 버릴 뻔하지 않았냐며 이삭줍기의 필요성을 이야기하곤 했다.

주운 이삭들을 한 곳에 가지런히 놓으면 아버지가 짚으로 묶었다. 이윽고 포대에 담아 손수레에 싣고 집으로 향했다. 집으로 돌아오는 길에 나는 소를 끌었고, 아버지는 손수레를 끌었다. 그러면 짧은 가을 해는 벌써 서쪽 산 위로 넘어가고 없었다. 친구들과 하기로 했던 공차기는 이미 물 건너간 것이다. 그 때문에 돌아오는 길은 수확의 행복함이 아닌 가난의 슬픔이 좁은 나의 가슴속으로 밀려들었다.

시간이 구름처럼 흘러 중학생이 된 어느 날의 미술 시간이었다.

선생님이 그림 한 편을 보여주었다. 세 명의 여인들이 이삭을 줍는 그림이었다. 프랑스 출신의 화가 밀레의 그림이라고 했다. 한 명은 허리를 절반쯤 굽히고, 두 명은 완전히 굽힌 채 이삭을 줍고 있는, 너무나 익숙한 풍경이었다. 마치 내가 하던 모습 그대로를 그려 놓은 것 같았다. 그런 면에서 나는 화가를 높게 평가했고, 나만 혹은 우리나라에서만 그런 게 아니구나 싶어 놀랐다. 그런데 정작 놀라운 것은 선생님의 다음 설명이었다.

"자, 주목! 애들아, 이 그림 좀 봐라. 밀레라는 프랑스 화가 작품인데 어때 보여? 이삭을 줍는 거잖아, 목가적이고 평화로운 농촌의 모습을 이렇게 잘 표현한 작품은 없을 거야."

그 말을 듣는 순간 몹시 혼란스러워졌다. 나에게 그렇게 힘들고 슬펐던 일이 누군가에게는 목가적이고 평화로운 모습으로 비칠 수도 있구나 하는 생각이 들었기 때문이다. 직접 경험해보지 않은 사람들이 농사일과 농부들을 보는 시선을 엿볼 수 있었던 순간이기도 했다. 나는 그림을 잘 그리는 편이어서 평소 가깝게 지내던 선생님이었지만 그 일 이후 선생님과의 사이에 거리감이 느껴졌다.

사회에 나와 도시에 살면서 농촌의 삶에 대해서 대개는 두 가지 시선으로 나뉘는 것을 볼 수 있었다. 하나는 무지렁이들의 삶으로 비하하는 시선이고, 다른 하나는 지나치게 긍정적이고 낭만적으로 보는 시선이었다. 물론 후자, 즉 긍정적으로만 바라보는 시선이 많았다. 하지만 나는 둘 다 불편했다. 지나친 비하는 말할 것도 없지만 과도한 긍정도 없었으면 했다.

도시인의 삶이 행복한 것만도 아니고, 불행한 것만도 아니듯 농촌의 삶 또한 한 쪽만 있는 것이 아니어서 막연하게 한 가지 획일적인 잣대로만 평가하지 말았으면 하는 마음이었다. 특히 지나치게 긍정적으로 보는 시선은 이삭 줍는 그림을 보면서 목가적으로만 해석하는 것과 같아 기분이 좋지 않았다.

난 지금도 밥을 먹을 때 밥풀 하나도 남기지 않으려 노력한다. 그런 나를 보고 주변에선 촌에서 와서 그렇다며 놀리는 일이 많다. 하지만 나에게 놀림은 중요하지 않다. 내가 그렇게 하는 건 어린 시절 이삭줍기로 체회된 니민의 경힘 때문이고, 그로 인해 쌀 한 톨의 사치를 높게 평가해서다.

7/ 막걸리 심부름과 술 한 모금

유월 초, 모내기하는 날이었다.

"막둥아, 핑 가서 막걸리 한 되 받아 오니라."

"야."

새참을 준비하던 어머니가 나에게 큰 주전자를 내밀었다. 막걸리를 사 오려면 윗동네 술도갓집까지 가야 했다. 자전거가 있었던 것도 아니어서 걸어서 가야 했다. 왕복 3km 정도의 꽤 먼 거리여서 마음이 바빴다.

우리 마을은 아랫동네와 윗동네로 나뉘어 있었다. 우리 집이 있는 아랫마을이 본 마을로 배나무골이라는 뜻의 '이목리梨木里'였다. 반면 '신동부락'이라고 불렀던 윗동네는 산골 더 깊은 곳에 있는 작은 마을이었다. 부인회에서 운영하는 술도갓집은 보름 단위로 집을 옮겼고 이번엔 윗동네 순서였다.

막걸리 한두 되를 받으러 멀리 산동네까지 가는 것은 몹시 싫은 일이었다. 특히 날씨가 더울 때면 땀이 많이 나 더 싫었다. 그날도 그랬다. 6월에 접어든 날씨는 열기를 더해갔다. 더구나 일꾼들이 새참을 기다리는 중이어서 뛰지 않으면 안 됐다. 오르막길을 달리니 등은 땀으로 흥건해져 갔다.

맨 꼭대기쯤에 있던 술도갓집 마당에 들어섰다. 누런 막걸리를 주전자에 가득 담아 이것저것 생각할 겨를도 없이 다시 뛰었다. 중간쯤 내려오자 힘이 빠졌다. 양손으로 번갈아 가며 주전자를 들었지만 팔은 축 처지고 땀은 비 오듯 했다.

냇가에 이르러 잠시 쉬어가기로 했다. 흐르는 냇물에 발을 담그고 얼굴을 씻으니 피로감이 봄눈 녹듯 사라지고, 개운한 것이 좀 살 것 같았다. 그러사 불현듯 '이 막걸리라는 게 도대체 뭐길래 어른들이 그렇게 좋아할까.' 하는 궁금증이 일었다.

이윽고 한 모금 들이켜 보고 싶은 충동이 생겼다. 순간 한 편에선 나쁜 짓을 하는 것 같아 망설여졌다. 하지만 '이게 뭐 대순가' 싶어 먹어보기로 했다. 한 손으로는 손잡이를 들고, 다른 한 손으로는 주둥이를 잡은 채 조심조심 삼켰다. 시큼한 맛이 느껴져 하마터면 게워낼 뻔했지만, 목에는 시원함이 전달돼왔다. 땀을 많이 흘렸던 탓에 목이 몹시 말랐고, 그래서 더 시원했다. 이왕 마신 거 한 모금을 더 마셔보기로 했다. 그러자 배도 좀 불러오고 무어라 표현하기 어려운, 이상야릇한 기분이 들었다.

정신을 차리고 보니 시간이 많이 지체된 것 같았다. 벌떡 일어나 뛰기 시작했다. 집에 도착하니 어머니가 늦었다고 성화였다. 어머니와 누나는 찐 감자와 멸치볶음 같은 찬을 이고, 나는 술 주전자를 들고 서둘러 논으로 갔다. 가는 길에 얼굴은 화끈거리고 정신은 몽롱해져 갔다.

새참이 오자 일꾼들이 논두렁을 통해 신작로 너른 곳으로 나왔다. 일꾼들은 이내 막걸리부터 찾았다. 아버지가 대접 잔을 채우기 위해 주전자를 들더니 뭔가 이상한지 뚜껑을 열었다. 이윽고 중얼거리듯 말했다.

"으째 술이 쪼깐 적은 것 같네."

그 말을 듣던 일꾼 중 한 사람이 "그랑가? 술도갓집에서 덜 담아준 거 아니여?"라며 거들었다. 순간 나는 가슴이 철렁했다. 내가 술 먹은 사실이 들통날까 봐 몸 둘 바를 몰랐다. 몽롱해지던 술기운이 확 가셨다. 괜히 애먼 술도갓집을 잡는 거 아닌가 싶어 걱정도 됐다. 마침 그때 옆에 있던 일꾼 한 사람이 "어야, 목마릉께 얼릉 한 잔씩 돌리란 말이시."라고 말하면서 순식간에 분위기가 반전됐고, 별 탈 없이 넘어갔다. 나는 비로소 후유! 하고 안도의 한숨을 쉬었다. 가까스로 위기를 넘기고 난 후 다시는 먹지 않겠다고 다짐했다.

달포쯤 지나 또다시 술을 받으러 가게 됐다. 이번에는 돼지우리를 고치느라 일꾼 두어 명을 불렀고, 점심 먹는 데 반주로 막걸리가 필요했다. 같은 방식으로 윗동네를 다녀와야 했다. 한여름으로 접어든 햇볕은 전번보다 훨씬 더 강해졌다. 땀도 더 많이 났다. 냇가에 이르자 앞 번 생각이 났다. 잠시 쉬기로 했다. 그러자 다시 호기심이 발동했다. 급기야 주전자를 든 채 주둥이에 입을 대고 꿀꺽꿀꺽 삼켰다. 한 번 먹어 본 터라 거리낌도 없었다. 맛도 더 익숙했다. 목줄을 타고 넘어가는 느낌은 앞서 먹을 때보다 더 시원했다.

순간의 유혹을 못 이기고 다시 술을 먹고 나자 처음엔 후회되더니 이내 걱정되기 시작했다. 지난번에 아버지가 술이 적다고 했던 생각이 난 것이다. 얼른 뚜껑을 열어 확인해 보니 막걸리 높이가 쑥 내려가 있었다. 어떻게 해야 하나 한참 망설였다. 이내 좋은 생각이 떠올랐다. 주전자에 물을 부으면 티 나지 않겠다 싶았나. 손에 쥐고 있던 뚜껑으로 두어 번 물을 퍼서 부었더니 술의 높이가 다시 목까지 차올라왔다. 그제야 됐다 싶어 서둘러 집으로 갔다. 서서히 봉봉해져 가는 것은 이전과 비슷했다. '술을 먹는다는 게 이런 거구나' 하는 생각도 들었다.

벌건 얼굴을 한 채 헐레벌떡 뛰어온 내가 술 주전자를 내밀자 어머니는 고생했다고 말하며 감나무 그늘에 조그만 덕석(멍석)을 깔고 상을 차렸다. 나 역시 일꾼들 옆자리에 앉아 한 자리 차지하고 점심을 먹었다. 그런데 막걸리를 몇 모금 들이켜던 일꾼 중 한 사람이 뜻밖의 얘기를 했다.

"크으, 좋다. 근디 막걸리가 좀 싱거운 것 같구만. 나만 그렁가?"

그러자 아버지도 한마디 했다.

"자네도 그렁가? 나도 그렁 것 같으이. 도갓집에서 혹시 물 탄 거 아녀?"

그 말을 듣는 순간 나는 얼굴이 심하게 화끈거렸다. 어떻게 저렇게 귀신처럼 알 수 있을까 싶었고, 이번에야말로 내가 먹은 사실을 알게 되기라도 하면 어쩌나 하는 걱정에서였다. 술도갓집에서 막걸리에 물을 타는 일이 가끔 있었던 터라 뜬금없는 의심은 아니었다. 잘못하면 싸움이 날 수도 있겠다는 생각도 들었다. 게다가 아버지는 술에 관한 한 도사나 다름없었고 매우 엄격했다.

나는 밥을 먹는 둥 마는 둥 하고 황급히 자리에서 일어섰다. 더 깊은 얘기가 나오기라도 하면 낭패일 게 뻔했다. 어린 나의 표정 관리가 안 될 건 두말할 나위도 없었다. 나는 얼른 부엌으로 와 물을 마시는 척하면서 무언가 이상한 소리를 들으려는 개처럼 귀를 쫑긋 세웠다. 다행히 얘기는 더 진전되지 않았다. 이번에도 별 탈 없이 넘어가게 됐지만 놀란 가슴을 쓸어내려야 했다.

이후에도 막걸리 받아 오는 일은 계속됐다. 심부름 길에 한 모금씩 먹는 일도 계속됐다. 하지만 아무도 눈치채지 못했다. 내가 술을 더 적게 먹었고 타는 물의 비율을 더 정교하게 조절했기 때문이다. 생각 해보면 내 술은 그렇게 시작된 것 같다.

이야기 다섯,
읍내로 간 산골 소년

참새의 힘겨운 날갯짓

이야기 다섯, 읍내로 간 산골 소년

– 참새의 힘겨운 날갯짓

1/ 읍내 중학교 진학

"애들아, 이쪽으로 모이그라."

"……"

"곧 중학교 갈 건디 어디로 갈지 정해야 한다. 긍께 집에 가서 부모님한테 밀씀드려라."

분교에서 6학년을 마치고 난 어느 겨울날, 선생님이 우릴 부르더니 중학교 진학 문제를 꺼냈다. 면사무소가 있는 옥천중학교에 갈 것인지, 아니면 읍내에 있는 해남중학교나 해남여자중학교에 갈 것인지 정해야 한다고 했다.

중학교 진학은 바로 위 형들이나 누나들만 해도 선택의 여지가 없었다. 우리 이전에는 4학년까지만 분교에서 마치고 5학년 때부터는 본교인 옥천초등학교로 옮겨서 다녔다. 그 후엔 옥천중학교로 진학했다.

그러던 것이 우리 때부터 6학년까지 모두 분교에서 마치는 것으로 정책이 바뀌었다. 대신 중학교는 각자 원하는 데로 갈 수 있게 됐다.

분교에서 전 학년 과정을 마치는 것은 나쁘지 않았다. 우선 옥천까지 가는 게 너무 어려웠다. 20리가 넘는 거리여서 멀기도 했거니와 중간에 높은 재를 넘어야 했다. 그 길로 통학하기에는 시간이 너무 많이 걸렸고, 위험했다. 실제 바로 위 형은 친구와 자전거를 타고 학교에 가다 크게 다치기도 했다.

그런 현실을 반영해 당국에서 전체 학년을 분교에서 졸업하도록 했다. 그러다 보니 수업 환경은 더 나빠졌다. 교실이라고 해야 교무실을 포함해 네 개가 전부였는데 거기다 상급반 2개 학년이 더 공부하게 됐으니 여건이 나빠지는 건 당연한 일이었다. 선생님들은 당장 해결책을 찾느라 골머리를 앓는 것 같았다.

결국, 1학년과 3학년이 한 교실에서, 2학년과 4학년이 또 한 교실에서, 그리고 상급반인 5학년은 헛간 같은 조그만 교실에서, 6학년은 선생님들이 쓰던 교무실에서 수업하는 것으로 결정이 났다. 그 덕분에 본교까지 통학하느라 멀고 험한 길을 다니지 않아도 돼서 고생은 덜했지만, 수업은 대강 대강이었다. 게다가 분교에서 졸업을 하게 되니 한 번도 산골 마을을 벗어나지 못한 채 우물 안 개구리로 사는 아쉬움도 있었다.

선생님 말씀대로 집에 가서 어머니에게 중학교 문제를 얘기했다.

어머니는 해남중학교로 가는 게 좋겠다고 했다. 형이 해남고등학교에 다니게 됐고, 옥천보다는 해남읍으로 가는 게 더 쉬웠다. 그러니 두 번 생각할 것도 없었다.

버스만 해도 옥천으로 가는 건 없었지만, 해남읍으로 가는 건 있었다. 비록 하루 두어 번 이긴 해도 버스가 있느냐 없느냐는 엄청나게 큰 차이였다. 그런 이유로 나뿐만 아니라 우리 이목마을 남녀 아이들 모두 해남 읍내 중학교로 진학하게 됐다. 반면 다른 두 마을인 용동, 도림마을 아이들은 상대적으로 가까웠던 옥천중학교로 갔다.

70년대가 저물어 가던 3월 초, 우리 마을 남자 또래 아이들 4명과 함께 해남중학교에 입학했다. 버스가 있다고는 해도 버스를 타고 통학을 하기는 너무 멀었고, 차편도 많지 않아 자취를 하기로 했다. 하지만 처음 한 달 정도는 적응 차원에서 집에서 다니게 됐다.

입학식 날 아침 어머니와 함께 30여 분을 걸어 큰길까지 나갔다. 그곳에서 해남읍으로 가는 버스가 오기를 기다렸다. 잠시 후 희뿌연 흙먼지를 일으키며 버스가 왔다. 부모님들을 포함한 우리 입학생 십 수명이 올라타니 버스가 곧 출발했다. 좌석에 앉자 설렘과 긴장감이 교차했다. 한두 번 타봤을까 말까 했던 버스를 타고 읍내 중학교에 간다는 사실에 설렜고, 더 큰 세상으로 나간다는 사실에 긴장감이 밀려왔다.

덜컹거리는 비포장 시골길을 30여 분 달려 읍내 터미널에 도착했다. 버스에서 내린 후 걸어서 학교에 갔다. 읍내 중심에 우뚝 솟은 건물들과 분주한 거리는 놀라웠다. 15분여를 걸으니 중학교 정문이 나왔다. 교문에 들어서자 웅장한 건물에 넓은 운동장이 엄청난 위압감을 주었다. 6개월여 전 해남동초등학교와의 자매결연식을 위해 분교 대표로 왔을 때 느꼈던 위압감이었다. 하지만 달라진 것이 있었다. 그땐 손님 학생으로 갔다면 지금은 주인 학생으로 오게 된 점이었다.

학생들이 얼추 모이자 운동장에서 입학식이 진행됐다. 많은 수의 신입생들로 그 넓은 운동장이 꽉 차다시피 했다. 전교 1등 입학생의 선서와 교장 선생님의 훈화는 나와는 전혀 상관없는 일처럼 들렸다. 실제로 우리 분교 출신들은 입학시험을 치르지도 않았으니 남의 일이기도 했다. 기분이 썩 좋지는 않았다. 하지만 읍내 중학교가 나를 받아준 것만도 고맙다는 생각이 언뜻 스쳤다.

입학식이 끝나고 미리 받은 반 배정표에 따라 각자 교실에 들어갔다. 부모님은 돌아갔고, 네 명의 분교 친구들마저 각자 반으로 흩어져 혼자만 남게 됐다. 주변을 슬쩍 둘러보니 읍내 출신 학생들은 모두 똑똑하고 세련돼 보였다. 같은 학교 출신들이 많은지 서로 웃으며 얘기 나누는 것도 보게 됐다. 나는 '꿔다 놓은 보릿자루'마냥 우두커니 앉아 있었다. 그때부터 기가 죽었다. 읍내 중학교 생활은 그렇게 시작됐다.

2/ 시장의 충격과 추억
- 찐빵과 호떡에 얽힌 일

중학교에 입학하고 첫 주 목요일쯤이었다. 학교 수업이 모두 끝나고 산골 친구들끼리 운동장 한 귀퉁이에 모였다. 마을로 돌아가는 버스를 타러 버스정류장으로 가기 위해서였다. 다섯 명이 모두 모이자 교문을 나섰다. 한참을 가니 시장 근처에 이르렀다. 그때 한 명이 놀라운 제안을 했다.

"아아, 느그 시장 가서 찐빵 묵고 길래?"

"……."

생각지도 못했던 제안에 나를 비롯한 네 명은 두 눈이 오리알만 해졌다. 친구는 한 마디를 덧붙였다.

"이 시장 안에 겁나게 맛있는 찐빵집이 있당께. 내가 사주께 가자."

뜬금없었지만 차 시간이 되려면 한참을 기다려야 해서 그러자고 했다. 친구는 자신감 넘치는 걸음걸이로 이리저리 좁은 시장 골목을 앞서갔다. 5일장만 알고 있던 나는 장날이 아닌데도 장이 선다는 것이 신기했고, 충격이었다. 친구는 이내 조그만 길이 나 있는 개천가 어느 허름한 집으로 들어갔다.

우린 친구에게 모든 것을 맡기고 뒤따라가던 처지라 어미 까투리(암꿩)를 쫓는 꺼병이(꿩 새끼)들처럼 그가 들어간 빵집으로 따라 들어갔다. 그는 거침없이 찐빵 몇 개를 주문했다. 그 모습을 보자 적이 놀라웠다. 분교 다닐 때의 친구가 아니었기 때문이다.

친구는 동네에서 같이 분교를 다니다 6학년 2학기쯤 읍내 국민학교(초등학교)로 전학을 갔다. 좋은 학교를 보내기 위해 부모님이 미리 읍내로 보낸 것이다. 그 친구뿐만 아니라 우리 또래 중에서도 그런 친구가 한두 명 더 있었고, 아래 학년에서도 한두 명씩 있었다.

잠시 후 주문한 빵이 나왔다. 하얀 찐빵이었다. 따스한 김이 모락모락 피어오르고 있었다. 친구가 먼저 하나를 들더니 우리에게도 권했다. 그를 따라 한 입을 베어 먹었다. 부드러웠다. 혀에 감겨오는 맛도 그만이었다. 친구가 자신했던 대로 빵이 입속에서 살살 녹는 것 같았다. 세상에 태어나 처음 먹어본 빵이었다.

찐빵을 각자 한 개씩 먹고 나자 조금은 배가 불렀다. 하지만 오히려 뭔가가 더 당겼다. 같은 느낌이었는지, 아니면 호기로운 모습을 보여주고 싶었는지 친구가 다시 주인을 불렀다.

"아줌마, 여그 꽈배기 다섯 개 더 줏시오."

곧 주인아주머니가 그 꽈배기라고 하는 빵을 가져왔다. 마치 짚으로 새끼를 꼰 듯도 하고, 누나가 머리를 딴 듯도 한 것이었다. 위에는 하얀 설탕이 뿌려져 있었다. 빵도 신기했지만, 설탕은 더 신기했다. 집에서 먹어보기 어려웠던 것이어서 입에서 벌써 군침이 돌고 있었다. 먼저 먹었던 찐빵과는 맛도 달랐다. 특히 빵 위에 뿌려진 설탕은 설 때 먹던 조청이나 동백꽃을 빨 때 나오던 동백청과는 비교도 할 수 없이 맛있었다.

그렇게 빵을 먹고 나자 차 시간이 다 돼 갔다. 우리는 서둘러 터미널로 갔고 빵을 사준 친구는 읍내 집으로 갔다. 그는 이미 오래전부터 읍내에 살고 있던 터라 버스를 탈 필요가 없었다. 터미널에 도착하니 버스가 기다리고 있었다. 차에 올라 좌석에 앉자 곧 출발했다. 눈을 감으니 그날 있었던 일들이 떠올랐다. 그중에서도 빵을 사준 친구가 보여준 조금 전의 모습이 강하게 뇌리를 스쳤다.

분교를 같이 다닐 때 존재감이 크거나 리더십이 있던 친구는 아니었다. 그런데 그날은 그렇게 보였고, 그렇게 느껴졌다. 읍내에 조금 더 빨리 왔다는 게 저런 걸까 하는 생각도 들었다. 마치 서울에 먼저 간 친구의 어깨에 힘이 들어가는 이치라고 할 수 있었다. 그 친구가 빵을 사거나 어딘가를 안내하던 일은 계속되지 않았지만, 그날의 충격은 쉽사리 가시지 않았다. 내가 너무 촌놈처럼 보인 것 같아 후회도 됐다.

일주일쯤 지나자 우리는 다시 그곳으로 갔다. 그 친구는 빠졌고, 산골에 살면서 통학하는 넷만 갔다. 그런데 마침 5일장이었던 까닭에 사람이 많았고, 골목도 아직은 낯설어 그 빵집을 쉽게 찾을 수 없었다. 우리는 길 잃은 양들처럼 두리번두리번하면서 걷고 있었다. 그때 누군가 나를 불렀다.

"뱅귀(병귀, 어렸을 때 이름)야, 너 여그서 멋하냐?"

"……."

깜짝 놀라 고개를 들었더니 부모님과 가깝게 지내던 동네 아저씨 모산양반이었다. 나는 쭈뼛거리며 인사를 했지만 마치 뭔가를 훔치다 걸린 것처럼 당황스럽기 그지없었다. 어디 가서 기웃거리거나 하는 촌놈 같은 모습을 보이고 싶지 않았거니와 어머니한테 그 얘기가 들어갈 게 뻔했기 때문이다.

"아야, 이리들 온나. 머라도 묵고 가자."

나는 죄지은 심정으로 순순히 아저씨를 따라갔다. 아저씨가 들어간 곳은 호떡집이었다. 아저씨는 호떡을 몇 개 시켰고, 나는 이왕 이렇게 된 거 일단 먹고 보자 싶어 되는대로 먹었다. 뜨끈뜨끈한 찹쌀과 그 속에 든 달착지근한 앙금이 꿀맛이었다. 도대체 뭐로 만들었을까 싶었다. 우리는 체면 차릴 것도 없이 후후 불어가면서 허겁지겁 먹었다. 그렇게 두 개씩을 먹었다. 한창 먹을 때였고, 출출하던 때였으니 그 맛은 더했을 것이다. 다 먹고 나서 버스를 타기 위해 터미널로 갔다.

가는 내내 호떡이 떠올랐다.

시간이 강물처럼 흘러 40여 년의 세월이 흘렀다. 한데 나는 아직 그때 먹었던 찐빵과 꽈배기, 호떡 맛을 잊지 못한다. 그중에서도 기회만 되면 먹는 것이 있다. 호떡이다. 지방 나들이를 하거나 여행을 하면서 고속도로 휴게소에 들를 때면 호떡만큼은 절대로 거르지 않고 먹는다.

어머니와 함께 산골에 갈 때면 꼭 모산양반 댁에 들른다. 그때마다 그 얘기가 빠지지 않는다. 그러면서 한바탕 웃는다. 그날 일은 결국 어머니 귀에 들어갔고, 혼나긴 했지만 평생의 맛과 이야기로 남게 됐다. 그 일은 어수룩했던 산골 소년들의 도회지 적응기 중 하나이기도 했다.

3/ 교복

중학교에 입학하게 되면서 몇 가지 골칫거리가 생겼다. 그중에서 가장 큰 것이 교복 문제였다. 등록금은 빚을 내서라도 마련했지만, 교복은 새로 장만할 형편이 못됐기 때문이다. 어머니야 막둥이 교복을 맞춰주고 싶었겠지만 당장 자취방도 얻어야 해서 고민 끝에 물려받아 입기로 했다.

처음엔 고등학생인 셋째 형의 옷을 입기로 했다. 하지만 5년이나 터울이진 데다 너무 낡아서 입기 어려웠다. 결국 옆집 혁태 형의 옷을 입기로 했다. 한데 막상 가져다 놓고 보니 그 역시 좀 컸다. 하지만 더 빌릴 수 있는 곳도 없었다. 큰 것은 어머니가 줄이기로 했다.

어머니가 먼저 윗옷을 재봉틀에 넣고 줄이기 시작했다. 나는 아무 말도 하지 못하고 그저 바라만 볼 뿐이었다. 학교에 다닐 수 있는 것만도 천만다행이라고 생각하고 있었기 때문이다. 어머니가 줄인 옷을 나에게 내밀었다.

"됐다. 한번 입어봐라."

"……."

나는 말없이 입었다. 그런데 너무 컸다.

"엄마, 이거 너무 큰 거 아닌가."

그러자 어머니는 "오래 입을라면 쪼깐 커야 써."라며 만족스런 표정을 지었다. 나는 딱히 마뜩지는 않았지만 다른 수가 있는 것도 아니어서 옷을 벗어 벽에 걸었다. 문제는 바지였다.

자세히 살펴보니 엉덩이에 상당히 큰 구멍이 나 있었다. 어머니는 대수롭지 않다는 듯 검은색 천을 덧대면서 재봉틀을 돌렸다. 잠시 후 어머니가 다시 바지를 내밀었다. 나는 이번엔 어떨까 싶어 얼른 받아 입었다. 그런데 역시 좀 컸다. 헐렁하게 큰 바지를 입은 나를 본 어머니는 빙그레 웃으면서 이 정도면 됐다고 했다. 나는 크기도 크기지만 엉덩이 쪽 꿰맨 부분이 마음에 걸렸다. 예쁘게 꿰매진 게 아니라 X자 형태로 왔다 갔다 한 정도였기 때문이다. 하지만 더는 어쩔 수 없었다.

그렇게 줄이고 꿰맨 교복을 입고 드디어 입학식에 가게 됐다. 멀리 있는 큰길에 나가 버스를 기다렸다. 한데 여학생들이 많아 몹시 신경 쓰였다. 혹여 꿰맨 부분이 보이기라도 할까 걱정된 나머지 뒤돌아설 수가 없었다. 그러다 보니 자세가 엉거주춤해지며 부자연스러워질 수밖에 없었다. 낡은 교복은 그렇듯 입학 첫날부터 나를 고통스럽게 했다.

그러던 어느 봄날, 학교 수업 시간이었다. 담임선생님이 가정 형편 조사를 했다.

"집에 테레비 있는 사람 손들어. 응, 하나 둘 서이 너이……. 다음 냉장고 있는 사람? 하나 둘 서이……. 야, 요즘은 옛날하고는 달라서 많이 있네. 확실히 생활이 나아졌어."

선생님은 만족해하는 것 같았다. 그러다 갑자기 엉뚱한 얘기를 꺼냈다.

"우리 땐 교복 엉덩이 꼬매고 다닌 애들이 많았는디, 요새는 없을 거여~. 야, 어디 교복 엉덩이 꼬맨 놈 인나봐."

그 말을 듣는 순간 나의 얼굴은 화끈거리며 벌겋게 달아올랐다. 선생님은 한 명도 없을 거라고 확신하는 것 같았고, 얼른 일어나 보라고 재촉했다. 중간쯤에서 한 명이 쭈뼛쭈뼛하면서 일어섰다. 나도 일어서지 않으면 안 될 것 같았다. 하는 수 없이 자리에서 일어섰다. 선생님은 뒤로 돌아보라고 했다. 나와 그 친구는 뒤로 돌았다. 순간 아이들이 배꼽을 잡으며 웃어댔다. 쥐구멍이라도 있다면 들어가고 싶었다. 그보다 더 창피한 일도 없었다. 쓰러져가던 초가집에 초등 분교 담임선생님이 가정방문 왔을 때보다 더했다.

2년이 흘렀다. 형은 고등학교를 졸업했고, 나는 3학년이 됐다. 내가 혼자 남게 되자 어머니가 읍내 살던 작은아버지에게 얘기해 자취하는 대신 작은집에서 살게 됐다. 어머니는 평소 내가 너희 작은아버지를 거의 키우다시피 했고, 결혼도 시켰다. 그러니 작은아버지는 내 공을 절대로 갚지 못한다고 입버릇처럼 말했다. 나는 자세한 건 몰라도 자취 생활에서 벗어나게 된 것이 좋았다. 마침 작은아버지 아들인 사촌 동생이 중학교에 입학해 같이 다니게 됐다.

봄이 지나고 여름이 되자 날이 더워졌고, 하복을 입게 됐다. 나는 그 전해 여름에도 옆집 형의 낡은 옷을 입었던 터라 걱정되기 시작했다. 일 년 사이 키도 많이 커서 옷이 형편없이 작았다. 게다가 작은집이 여중·여고 바로 앞에 있었으니 그 옷을 입은 채 여학생들이 줄지어 등교하는 길을 뚫고 학교에 다닐 일은 생각만 해도 끔찍했다.

장날이 되자 어머니가 작은집에 왔다. 나는 이때다 싶어 교복 얘기를 꺼냈다. 어머니는 잠시 난감해하더니 이내 좋은 생각이라도 떠오른 듯 작은아버지에게 얘기했다.

"수갱(수경)이 아부지, 막둥이 하복이 작다니 하는디 그걸 수갱이가 입고 막둥이한테 새 옷을 하나 맞춰주면 어쩌것소?" 그러자 작은아버지는 "그거 괜찮것네." 하면서 사촌 동생을 불렀다. "수갱아, 그렇게 하면 으짜것냐?"

"……."

사촌 동생은 한동안 말이 없었다. 나는 불안한 마음으로 동생의 입만 바라보고 있었다. 동생이 싫다면 일은 끝나는 셈이었다. 물론 이제 갓 신입생인 동생이 좋다고 할 가능성은 거의 없었다. 더욱이 동생은 직전 중간시험에서 전교 2등을 할 만큼 공부를 잘해 발언권이 누구보다 셌다. 그러면 난 그 낡고 작은 하복을 계속 입고 다녀야 할 판이었다. 한데 동생은 뜻밖의 대답을 했다. "알았어요. 그렇게 하께요." 순간 나는 귀를 의심했다.

그렇게 해서 처음으로 새 교복을 입을 수 있게 됐다. 동생이 나 대신 그 낡은 옷을 입고 학교에 다니는 것을 볼 때마다 미안하기도 하고 고맙기도 했다. 동생은 헌 옷을 입고 학교 다닐 때도, 졸업한 이후에도 누구에게든 단 한 번도 교복에 대해 불만을 토로한 적이 없었다. 그 또한 고맙기 그지없었다. 하지만 난 그런 마음을 한 번도 표현한 적 없었다. 용기도, 자신감도 없었기 때문이다.

살면서 가끔 생각해본다. 동생이 나에게 교복을 양보한 마음은 어디서 왔을까. 그건 아마도 안 돼 보이는 형을 배려하는 마음이었을 것이다. 그 배려심은 공부를 잘하는 데서 오는 자신감이 밑바탕에 깔려 있어서 가능했을 거라는 게 내 판단이기도 하다. 하지만 그 마음이 어디서, 어떻게 왔든 나는 동생에게 크게 신세를 졌고, 더없이 고마웠다. 더불어 나는 양보와 배려를 배웠다. 어렸지만 속 깊었던 동생한테 말이다.

4/ 자취

중학교에 입학하면서 영어보다 먼저 배운 건 쌀 씻고 밥하는 것이었다.

내가 중학교에 입학하게 되자 어머니는 학교 근처에 자취방을 구했나. 그곳에서 고등학교에 다니는 형과 같이 살았다.

밥을 하려면 나뭇불을 때야 했다. 땔나무는 산골에서 미리 준비해 두었다가 경운기로 읍내까지 싣고 갔다. 한꺼번에 많이 싣기도 어려웠고 둘 데도 마땅치 않아 조금씩 자주 운반해야 했다. 나무를 때서 밥을 하다 보면 연기가 많이 났다. 자취방 부엌이라는 게 크지 않다 보니 연기가 잘 빠져나가지 않았다. 그 연기를 고스란히 들이마셔야 했고, 얼굴은 눈물·콧물로 범벅이 되곤 했다.

쌀은 그나마 문제가 없었다. 많지는 않아도 농사를 지었기 때문이다.

어떨 땐 오히려 집에서보다 나았다. 산골 집에서는 꽁보리밥을 먹거나 보리를 섞어서 밥을 지어 먹곤 했지만 자취하면서는 그렇지 않았다. '난 보리밥을 먹어도 공부하는 자식들만큼은 보리밥을 먹이지 않겠다'는 어머니의 강한 의지 때문이었다. 문제는 반찬이었다.

자취 생활의 주기는 일주일이었다. 매주 토요일마다 산골 집에 가서 어머니가 담가준 김치와 밑반찬을 가져왔다. 날씨가 덥지 않은 봄, 가을은 큰 문제가 없었다. 여름이 문제였다. 냉장고는 꿈도 못 꾸던 처지여서 날씨가 더워지면 김치가 다 쉬었다. 그러다 보니 많이 가져다 놓지 못했고, 목요일쯤 되면 다 떨어지기 일쑤였다. 그럴 때면 반찬은 없이 간장에 밥을 비벼서 먹고 학교에 가는 게 일상이었다. 학교에는 밥만 겨우 싸갔다.

반찬을 들고 다니는 것도 문제였다. 당시만 해도 토요일에 학교에 가던 때라 오전 수업을 마치고 오후에 산골 집에 갔다. 그러다 일요일 오후에 다시 자취방으로 갔다. 이때 무김치며 배추김치를 들고 큰길까지 가서 버스를 타야 했다.

반찬통도 변변치 않은 데다 통을 넣는 가방도 없어서 둥그런 플라스틱 통에 긴 줄을 묶은 채 그대로 들고 다녔다. 누가 봐도 반찬통이라는 것을 금세 알 수 있었다. 나이 어린 학생이, 그것도 사춘기에 접어든 남학생이 노끈으로 대충 묶은 누런 통을 덜렁덜렁 들고 다닐 때면 너무나 부끄럽고 쑥스러웠다. 버스를 같이 타는 여학생들도 많았고,

그 여학생들이 힐끗힐끗 쳐다보는 것 같아 창피하기 그지없었다.

다른 학생들도 다 그렇게 반찬통을 들고 다녔다면 별문제가 없었 겠지만 그런 학생은 거의 없었다. 게다가 엉덩이 꿰맨 교복을 입고 빼빼 말라 키만 껑정하게 큰 학생이었으니 자존감이 떨어져도 너무 떨어졌다.

버스를 기다릴 때면 그런 모습을 보이기 싫어 어서 차가 왔으면 했 지만, 차는 생각처럼 빨리 오지 않았다. 온다 해도 또 다른 문제가 생 겼다. 만원 버스가 산골 자갈길을 덜컹거리면서 달리면 바닥에 놔두 었던 반찬통이 굴러다니기 예사였고, 국물이 흘러 다른 사람 옷에 묻 거나 냄새가 났다. 그럴 때면 어찌할 바를 몰라 속으로만 애를 태워 야 했다. 반찬통은 이래저래 골칫거리였다.

일요일 저녁, 자취방에 들어가면 적막하고 을씨년스러웠다. 겨울이 되면 추위와도 씨워야 했디. 산골에시야 밥을 하거나 고구마를 찌기 위해서 수시로 불을 때니 아랫목 구들장이 따뜻했지만, 밥만 겨우 해 먹는 자취방은 그럴 수 없었다. 따라서 자취방은 아랫목마저 차가울 때가 많았다. 땔나무가 떨어져 밥을 못하는 일도 흔했다.

겨울 방학이 끝나고 등교하던 어느 날이었다. 새 학기 시작이 아닌 봄방학 전이라 자취 생활 준비가 변변치 않던 시기였다. 날이 좀 풀리 는 때였지만 왠지 그즈음 엄청난 추위가 몰려왔다. 때마침 땔나무가 떨어졌다. 처음 한두 번은 옆방 할머니한테 빌려서 땠지만, 매번 그럴 수 없어 그날은 밥을 하지 않고 굶기로 했다. 초저녁엔 그래도 견딜 만했다. 마땅히 할 일이 있는 것도 아니어서 솜이불을 뒤집어쓰고 일찍 잠자리에 들었다.

한참 시간이 지나 한기와 허기가 느껴져 잠에서 깼다. 문밖 사위가 고요한 것으로 보아 한밤중이 된 것 같았다. 하지만 먹을 것도 없어 잔뜩 웅크린 채 이불 속에 그대로 있었다. 밤은 더욱 깊어졌고, 뱃속에서 꼬르륵 소리는 점점 커졌다. 한기도 더 심해졌다. 온몸이 부들부들 떨렸다. 딱딱거리며 이가 부딪치는 소리도 났다. 다시 잠을 청했다. 하지만 정신은 더 말똥말똥해졌다. 끝내 잠들지 못하고 뜬눈으로 밤을 지새웠다.

그렇게 심한 추위에 떨면서 긴긴밤을 보냈던 적도 없었다. '춥고 배고픈 설움'이라는 말은 그럴 때 쓰는 말이 아닐까 싶었다. 세월이 지나 혹한의 몽골 초원엘 준비도 없이 간 적이 있었다. 처음엔 없던 일정이었는데, 다들 초원에서 하룻밤을 보냈으면 해서 그렇게 됐다. 별생각 없이 나뭇불 꺼진 게르(Ger, 몽골식 텐트)에서 잠들었다. 얼마의 시간이 지나 오들오들 떨다 잠에서 깼다. 태어나서 처음 겪어본 추위였다. 그 새벽 내 머릿속에선 해남 자취방의 기억이 떠올랐다.

며칠이 지나 또 다른 일이 벌어졌다. 역시나 무섭게 추웠던 밤이었다. 형은 없고 혼자 추운 자취방에서 덜덜 떨면서 막 자려는데 누군가 방문을 딸깍 열었다. 깜짝 놀라 눈을 크게 뜨고 보니 산골 아랫동네 형이었다. 이집 저집 자취방을 돌아다니며 학생들을 때리거나 행패를 부리는 것으로 소문이 자자했던 불한당이었다. 요즘으로 말하면 일진 중에서도 두목급 일진이었다.

그런 그가 다짜고짜 방으로 들어왔다. 이윽고 이불을 내팽개치듯 펼치더니 머리까지 덮어쓰고 자는 것이었다. 처음엔 무서워서 숨조차 쉴 수 없었다. 한참 동안 그 꼴을 보고 있으려니 열불이 났다. 왜 남의 집에 무턱대고 들어와 이불까지 빼앗아 덮는지 참을 수가 없었다. 나는 마침내 이불을 뒤집으며 말했다.

"여그는 내 집인디 으째 왔소? 나가주면 좋겠어라우."

그러자 불한당은 어이없다는 표정을 지었다. 그때까지 아무도 이런 놈이 없었다는 듯한 눈빛이었다. 그러더니 한마디를 툭 던졌다.

"머라고야? 너 시방 내가 누군지 아냐?"

나는 거침없이 대답했다. 이왕 데들기로 마음먹었으니 될 대로 되라는 식이었다. 한발 나아가 반말투로 대했다.

"니가 누군지 내가 어찌게 일어? 암튼 나갓시오."

그 말이 끝나기도 전에 그는 손을 번쩍 들어 나를 때리기 시작했다. 아무런 대항도 못한 채 한참을 두들겨 맞았다. 엉엉 울었다. 억울하고 화도 났다. 울음소리를 듣고 옆방에서 자던 주인 할머니가 왔다. 상황을 파악한 할머니는 큰 소리로 나무랐다.

"니 놈은 멋한 놈인디 여그 와서 애를 때리냐. 여그는 내집잉께 얼릉 나가그라.”

　그는 할머니에게 쌍욕을 해대기 시작했다. 한참을 그러더니 가만두지 않겠다면서 방을 나갔다. 그날은 그렇게 넘어갔지만 언제 또 올지 알 수 없어서 불안한 날들을 보내야 했다. 곧 토요일이 됐고, 집에 가서 어머니에게 말했다. 어머니는 상당히 멀었던 불한당의 집까지 찾아가 항의했지만, 그 집에서는 이미 포기한 놈이니 알아서 하라고 했단다. 어머니는 어이가 없었지만, “만약 그 개놈 새끼가 다시 와서 못 살게 굴면 가만 안 둘 텡께 그렇게 아시오.”라고 경고하고는 집으로 돌아왔다. 어머니의 경고 덕분인지 그는 다시 자취방에 나타나지 않았다.

　그렇게 일 년이 지났고, 2학년이 되자 다른 곳으로 옮겨서 살게 됐다. 새로 옮긴 곳은 작은아버지 집 문간방이었다. 작은아버지네라 해서 같이 사는 건 아니었고, 방을 세내서 사는 친척 집 자취 생활이었다. 다만 연탄아궁이여서 더는 나뭇불을 때지 않아도 됐다. 그것만으로도 행복했다. 거기서 일 년을 보내고 나자 형이 고등학교를 졸업하고 나만 남게 됐다.

　일 년의 시간이 다시 흘러 3학년이 됐다. 작은아버지네는 여중·여고 바로 앞으로 이사했고, 그때부터 작은집에서 얹혀살게 됐다. 가난한 큰집 아들로서 작은집에서 하는 더부살이가 결코 편할 수는 없었지만 그래도 자취 생활은 벗어날 수 있어 좋았다. 다만 중학생으로서의 자취 생활에서 벗어난 것뿐, 더 가혹한 고등학생으로서의 자취 생활이 기다리고 있었다.

5/ 장학금

   중학교에 진학하고 두어 달이 지났다. 꿔다놓은 보릿자루 같았던 산골 촌놈에서 벗어나 점차 읍내 생활과 중학교 생활에 적응해가던 때였다. 선생님이 곧 중간시험을 친다고 했다. 첫 시험이라 그런지 다들 긴장하는 분위기가 뚜렷했다. 산골 분교에서는 볼 수 없던 현상이었다. 분교에서는 중간시험이나 기말시험의 개념도 없었다.

   5월 말쯤 되자 드디어 첫 시험을 치게 됐다. 하지만 나는 토요일이면 집에 가서 농사일 돕는 게 우선이었다. 특히나 5월은 보리를 타작하는 게 중요해서 논에 나가 보리 티끌 먼지를 뒤집어쓰고 일을 해야 했으니 시험공부는 엄두도 낼 수 없었다. 게다가 교과서와 필기 노트 외엔 공부할 수 있는 참고서나 문제집도 하나 없었다.

   시험이 끝나고 일주일쯤 후에 점수가 발표되었다. 공부를 제대로 하지는 않았지만, 그래도 성적에는 신경이 많이 쓰였다. 읍내에서 어느 정도 수준인지 궁금해졌기 때문이다. 결과는 실망스러웠다. 반에서 10등, 전교에서 73등이었다. 분교에서 전교 회장을 했던 내가 받아들이기는 부끄러운 성적이었다. 하지만 그게 현실이었다.

시험 결과가 발표되고 며칠이 지났다. 담임선생님이 교실에 들어오더니 중요한 일이 있다며 분위기를 잡았다. 비 오기 전 개구리들이 울듯 시끄럽던 교실이 순간 조용해졌다.

"느그들 잘 들어라. 오늘 장학금 받을 학생을 뽑을라고 해. 두 명을 뽑을 거야. 장학금 받는 사람은 학비를 안 내도 된다."

이렇게 말한 선생님은 모두 눈을 감으라고 했다. 나는 이게 웬일인가 싶었다. 그러잖아도 빚을 내서 입학금과 등록금을 겨우 마련했고, 자취방까지 얻느라 갖은 애를 썼던 어머니의 그늘진 얼굴이 떠올랐다. 선생님이 말을 이었다.

"1등부터 10등까지 중에 자기 집이 정말 가난하다고 생각한 사람 손들이 봐. 가랭이 찢이지게 가난하다고 생각한 사람, 그러니까 상중하보다 못한 '극빈'이라고 생각하는 사람 손!"

선생님은 극빈이라는 말에 힘을 주었다. 나는 그 말을 듣자 혼란스러워졌다. 아무리 가난하다 해도 차마 극빈이라고 스스로 손들기는 창피했고, 그렇게까지 가난한가 싶기도 했다. 설령 극빈이라고 해도 이 사실이 알려지기라도 하면 너무 부끄러워 고개를 들기 어렵겠다는 생각이 머리를 스쳐 지나갔다. 한편으로는 지금 손들지 않으면 집안 형편상 머지않아 학교에 다니지 못할 수도 있다는 공포감이 밀려왔다. 결국 이러지도 저러지도 못한 채 손만 꿈틀거리고 있었다. 그렇게 망설이고 있던 상황에서 선생님의 말이 이어졌다.

"응, 한 명! 이제 한 명만 더하면 되겠는데, 더 없어? 없으면 15등까지 중에서 손들어."

한 명만 더 뽑으면 된다는 선생님 말에 심장이 콩닥콩닥 뛰기 시작했다. 어쩌면 다시 오지 않을 기회이고, 학교를 못 다니게 될지도 모르는데 그깟 부끄러움이 대순가 싶었다. 선생님은 다시 눈을 감으라고 했다. 하지만 나는 실눈을 뜨고 누가 손을 드나 봤다. 아무도 손드는 사람이 없었다. 더는 망설일 수 없었다. 어정쩡하게 손을 들었다. 친형처럼 친숙한 선생님 시선이 내 손으로 향했다.

"응, 한 명! 그란디 너 왜 아까 손 안 들었냐? 암튼 알았어."

내가 두 번째 가서야, 그것도 망설이는 빛이 역력하게 손을 들자 선생님은 왜 앞서 손들지 않았냐고 했다. 하지만 야단치는 표정은 아니었고, 오히려 잘 됐다고 생각하는 듯한 부드러운 미소가 엿보였다.

그렇게 해서 장학금 받을 학생은 나까지 두 명이 정해졌고, 선생님이 내 이름을 적는 걸 보았다. 처음엔 별로 실감이 나지 않았다. 한데 학교를 마치고 자취방에 돌아가 혼자 있게 되자 비로소 가슴이 벅차올라 곧 터질 것 같았다.

토요일이 되어 산골 집에 갔다. 버스 시간이 길게만 느껴졌다. 집에 도착하기가 무섭게 어머니에게 그 소식을 알렸다. 수심이 가득하던 어머니 얼굴은 금세 환하게 빛났고, 가족들 사이에서 장학금과 학교생활에 관한 이야기꽃이 활활 타오르는 모닥불처럼 흥겹게 피어났다. 내 두 어깨에는 힘이 들어갔고, 숨이 막힐 듯한 행복한 기분을 느끼며 저녁밥을 먹었다.

장학금을 받게 되고 첫 번째 등록금을 내는 때가 됐다. 육성회비 얼마인가만 내고 큰돈인 등록금은 내지 않게 되니 부담이 한결 줄었고, 장학금을 받는다는 사실에 가슴이 뿌듯해졌다. 나를 뽑아준 선생님께 누가 되지 않으려면 공부를 더 잘해야겠다는 다짐도 다시 하게 됐다.

그러던 어느 여름날 토요일이었다. 학교를 마치기 무섭게 나는 산골 집에 갔고, 보통 때처럼 집에 도착하자마자 곧바로 논으로 갔다. 이윽고 한참 동안 소에게 꼴을 먹인 후 집으로 가던 길이었다. 그때지 멀리서 두 사람이 두런두런 이야기를 나누며 걸어오는 것을 보았다. 외지 사람들 같았다. 아는 사람일 리는 없다고 생각해 크게 신경 쓰지 않았다. 그런데 동네 어귀로 들어서려는 순간 누군가 내 이름을 부르는 것 같았다. 그것도 애정이 묻어나는 목소리였다.

"병진아."

"……."

"아야, 김병진."

나는 귀를 의심했다. 담임선생님인 것 같다는 생각이 들었다. 하지만 이내 선생님이 내가 이런 산골에 살고 있다는 사실을 알 턱이 없고, 이곳에 올 리는 더더욱 없다 싶어 그냥 지나치기로 했다. 한데 거리가 점점 좁혀지고 나서 자세히 보니 선생님이 확실했다. 학생과장 선생님이랑 같이 오는 중이었다. 나중에 알고 보니 학생과장 선생님이 우리 옆집 혁태 형네 친척이었고, 그 선생님을 따라 담임선생님이 왔다고 했다.

뜻밖에 선생님을 보게 되자 반갑기는 했지만, 창피하다는 생각이 먼저 들었다. 소를 끌고 가는 나의 모습이 선생님한테는 어떻게 보일까 싶어서였다. 마땅히 어떻게 해야 할지 몰라 안절부절못하던 사이 선생님과 눈이 마주칠 정도로 가까워졌다. 그제야 나는 어색하고, 어설프게 고개를 숙이고 인사를 드렸다.

"아... 안녕하세요."

"엉, 느그 집이 이쪽이지?"

그렇게 간단히 인사를 나누고 헤어졌다. 학교에서 몇 번 얘기를 나눈 적도 없었던 터라 쑥스럽고 어색했다. 더욱이 난 그때까지 산골 소년의 티를 전혀 벗지 못하고 있었다. 헤어지고 나니 선생님이 나를 예의 없는 학생으로 생각할까 봐 걱정도 되고 후회도 됐다.

입학식 때 선생님을 처음 본 순간 큰형을 너무 닮아 깜짝 놀랐던 기억이 났다. 칠 남매 중 막내인 나는 서울에 살던 큰형하고 나이 차가 많아 같이 살았던 적이 없었다. 존경했던 형이었지만 명절 때 보는 것이 전부여서 어색했고, 아버지보다 더 어려웠다. 또 형이라고는 해도 산골에 사는 내가 부끄러울 때도 있었다. 그런 형을 닮은 선생님을 뜬금없이 길가에서 만났으니 반가운 마음과는 달리 어색하고 창피하지 않을 수 없었다.

집에 돌아와 어머니에게 선생님 얘기를 했다. 어머니는 선생님을 만나 감사 인사를 드려야 한다면서 급히 옆집 혁태 형네 어머니를 찾았다. 혁태 형 어머니는 조카(학생과장 선생님)가 다른 일이 있어서 왔는데 바로 나갔다고 했다. 결국, 어머니는 선생님을 만나지 못했고, 인사드릴 수 있었던 절호의 기회를 놓친 것에 대해 발만 동동 구르며 아쉬워했다.

어머니는 내가 선생님이 되기를 바랐다. 나도 그때를 기점으로 선생님이 되겠다고 마음먹었다. 하지만 시간이 흐르고 더 넓은 세상을 경험하면서 나의 희망과 목표는 달라졌고, 끝내는 방송국으로 가게 되었다. 그렇다고는 해도 선생님의 길은 내 마음 한구석에 남아 있었고, 나를 장학생으로 뽑아준 선생님에 대한 감사한 마음은 잊히지 않았다. 그때 받게 된 장학금이 공부에 대한 각오를 다지는 커다란 계기가 된 것은 말할 것도 없고, 3학년을 마칠 때까지 장학금을 계속

받는 시발점이 됐기 때문이다.

중학교를 졸업한 이후 한 번도 선생님을 만나 뵙지 못했다. 소식마저도 듣지 못했다. 고등학교에 입학한 이후 더 힘겨운 삶을 살았고, 사회에 나온 다음부터는 몹시 바쁜 삶이 이어진 것이 제일 큰 이유다. 하지만 마음속 깊은 곳에서는 항상 선생님이 자리 잡고 있었다. 그래서인지 고향 해남과 중학교에 관한 이야기를 나눌 때면 거의 매번 선생님의 얼굴이 떠오르곤 했다. 앞으로도 그 얼굴은 잊히지 않을 것 같다. 나의 은인이자 친형 같았던 얼굴이니 말이다.

6/ 단어 시험과 영어

영어는 알파벳 ABC만 알면 되는 줄 알았다. 무슨 소리냐고, 어떻게 그렇게 생각할 수 있냐고 할지 모르지만, 그게 당시 영어에 대한 나의 인식 수준이었다. ABC도 중학교에 들어가서 배우면 되는 거라 생각하고, 입학 전에는 서들러보지도 않았다. 황당해도 그토록 황당할 수는 없는 일이었다.

중학교 입학 후 첫 영어 시간이었다. 선생님은 예상대로 ABC를 가르쳤다. 대문자부터 소문자, 필기체도 가르쳤다. 며칠이 지나니 교과서를 가져오라고 했다. 어디 있는지도 모르던 교과서를 찾았다. 거기에는 알 수 없는 글씨들이 쓰여 있었다. 그제야 알았다. 영어도 국어처럼 언어이고, 따로 공부해야 한다는 사실을.

책으로 공부하기 시작하자 혼란스러워졌다. 아는 단어라고는 단

하나도 없었고, 글자는 어떻게 읽고 써야 할지 도통 알 수가 없었다. 선생님은 단어를 많이 암기하라고 했다. 그때부터 조그만 단어집을 들고 다니며 외우기 시작했다. 암기력은 좋은 편이어서 금세 외울 수 있었다.

입학하고 한 달여가 지나자 본격적으로 수업이 진행됐다. 선생님을 따라 책을 읽고 썼다. 물론 흉내만 냈을 뿐 내용을 이해하지는 못했다. 진도를 따라가기가 어려웠다. 그런데 놀랍게도 앞줄에 앉은 친구 몇 명은 이미 그 이상한 글자를 읽고 쓸 줄 아는 것은 말할 것도 없고 단원 전체를 달달 외워댔다.

달포가 더 지난 어느 날, 선생님이 월말시험을 칠 거라고 했다. 그러자 읍내 친구들은 공부 방법을 서로 이야기하고, 누구네 집에 모여 공부하자며 소곤거렸다. 나는 무슨 공부를 어떻게 하겠다는 건지 궁금했지만, 물어볼 용기도 없었다.

시험 날이 됐다. 문제지를 받아 보니 아는 건 얼마 되지 않았다. 머리를 쥐어짜며 답을 쓴다고 썼지만, 빈칸이 많았다. 시험이 끝나 답안지를 제출하면서 공부를 잘하던 옆 친구 걸 언뜻 보았다. 답안지가 빼곡히 채워져 있었다. 시험 종료를 알리는 종이 울리자 읍내 학생들 몇이 모이는 게 보였고, 그들의 얘기를 듣게 됐다.

"아야 경준아, 이거 답이 뭐대?"

"응, 이건 OOO 잔에."

"그라지? 하마터면 틀릴 뻔했다야."

"야아, 어저께 밤에 선생님이 과외 시간에 알려줬는디야."

그 광경을 멍하니 바라보고 있다가, 마지막 한 마디에 충격을 받았다. 이들은 따로 모여 공부를 하고 있었고, 심지어 담당 영어 선생님에게 과외를 받고 있었다.

일주일여가 지나자 선생님이 점수를 발표했다. 내 점수야 뻔했고, 공부 잘하는 친구들 점수에 귀를 기울였다. 예상대로 과외를 받던 친구들의 점수는 월등히 높았다. 선생님은 집에 가서 부모님 확인을 받아오라고 했다.

점수표를 들고 자취방으로 왔다. 화도 났고, 어이도 없었다. 반칙을 당한 것 같았다. 나는 모르는 사이에 남들은 이렇게 공부하고 있었구나 생각하니 힘이 쭉 빠졌다. 무엇보다 집에 가서 어머니에게 성적표를 보여주려니 눈앞이 캄캄해졌다.

토요일이 되어 산골 집으로 갔다. 어머니를 보자마자 성적표를 보여줘야겠다고 생각했지만 차마 그럴 수가 없었다. 한참을 미적대다 저녁을 먹고 나서야 겨우 성적표를 내밀면서 선수를 쳤다. 점수와 등수가 형편없다고 했다. 어머니의 표정은 어두워졌다. 예상은 했지만, 생각보다 더 못한 결과에 실망하는 눈치였다. 나는 아랑곳하지 않고 한마디를 덧붙였다.

"엄마, 우리 반 애들은 영어 선생님한테 따로 과외를 받는다고 하네."

그러자 어머니는 "진짜로? 그렇게도 한다냐?"

나는 영어 점수가 좋지 않은 것이 그 탓이라고 말하고 싶었다.

"그러더라고. 그래가지고 선생님이 답도 알려 줬다더라고."

나의 말에 어머니는 적이 당황하면서 "그라면 너도 한번 해볼래?"라고 했다. 하지만 나나 어머니 둘 다 잘 알고 있었다. 내가 과외를 받을 형편도 못 될뿐더러, 어머니의 그 말이 진심이 아니라는 것도 말이다. 나는 깊이 생각할 것도 없이 대답했다.

"됐어라우. 담 번에는 으짜든지 잘 해보께요."

시간이 지나자 첫 시험의 충격은 서서히 가셨다. 다른 과목 성적은 약간 올라갔지만 유독 영어 점수만은 제자리를 맴돌 뿐이었다. 산골에서 농사일을 도와야 해서 공부를 더 열심히 할 수 있는 처지도 아닌 데다가 자습서를 살 형편도 못돼 성적이 나아질 가능성은 없었다. 다만 학년이 올라가면서 환경에 조금씩 적응하게 됐고, 이에 따라 점수가 약간 올라가는 정도였다. 그러던 나의 영어 공부에 일대 전환점이 된 일이 있었다.

3학년이 된 3월 말쯤이었다. 새로 오신 영어 선생님이 다음 시간에 단어 시험을 치겠다고 했다. 연세가 있으신 선생님은 고혈압이 있다면서 뒷자리에 앉아있는 일이 잦았다. 나는 평소 하던 대로 교과서 하나만 가지고 시험에 대비했다. 말이 대비지 교과서에 나와 있는 단어를 한두 번 써보는 게 전부였다. 자습서도 없었고, 물어볼 사람도 없었으니 더 하려고 해도 할 수 없었다.

시험 날이 됐다. 선생님은 답지를 걷어갔다가 채점을 한 후 다음 시간에 나눠주었다. 그러면서 내 앞에 앉던 친구를 앞으로 불렀다. 선생님은 친구가 틀린 숫자만큼 엉덩이를 매로 세게 때리더니 1번 학생부터 불러내 이렇게 때리라고 했다. 그 친구가 키 큰 축에 드는 학생 중에서 답을 제일 많이 맞혔다고 하면서 본인은 고혈압 때문에 직접 때리기 어렵다는 말을 덧붙였다.

순서대로 불려 나가 매를 맞게 됐고, 마침내 내 차례가 됐다. 칠판을 짚고 엎드린 채 넉 대를 맞고 자리로 돌아왔다. 자리에 앉아 생각하니 기분이 나빴다. 선생님도 아닌 친구한테 매를 맞는다는 게 몹시 언짢았다. 게다가 친구는 나보다 키도 작았고, 다른 공부를 잘하는 것도 아니어서 자존심이 상했다.

수업이 끝나고 나자 옆자리에 앉던 다른 친구가 지습서를 뒤지더니 선생님이 낸 문제가 여기 다 있다며 목소리를 높였다. 자세히 들여다보니 그런 것 같았다. 그 사실을 알게 되자 다음번엔 책을 좀 빌려서라도 조금만 더 준비하면 되겠다는 생각이 들었고, 굳게 다짐했다. 더는 친구한테 매 맞으려고 꿰맨 교복을 입은 엉덩이를 내밀고 싶지 않았다.

한 달여가 지나서 다시 시험을 치게 됐다. 친구의 자습서를 잠시 빌려 스펠링을 써보고 비슷한 말, 반대말 등을 공부하며 열심히 시험에 대비했다. 공부는 확실히 효과가 있었다. 답안지를 받아 보니 열 문제 중 한 문제를 틀렸다. 아쉽긴 했지만, 네 문제를 틀린 이전에 비하면 큰 성과였다. 선생님이 이번엔 나를 불렀다.

"65번 김병진, 앞으로 나와라."

앞으로 나가며 생각했다. '선생님이 날 한 대 때리고 나한테 애들 때리라고 하는 거구나'. 예상대로 선생님은 나한테 칠판에 손을 대고 엎드리라고 하더니 있는 힘을 다해 엉덩이를 때렸다. 눈물이 핑 돌 정도로 아팠다. 물론 선생님의 매에서 악의가 느껴지지는 않았다. 선생님은 지난번과 똑같이 얘기했다.

"오늘은 나 대신 니가 매를 때리는데 약하게 때리면 니가 맞는다. 알았지?"

나는 친구에게 매를 맞지 않게 돼 다행이라는 생각이 들었다. 하지만 마음은 불편했다. 비록 선생님의 지시라고는 해도 친구들을 때리는 건 마음 내키는 일이 아니었기 때문이다. 그런 까닭에 손에서 힘을 빼고 때리면 선생님은 나를 나무랐다. 가만가만 때리는 것이 친구를 위하는 일이 아니라고 했다.

그날 이후 단어 시험을 칠 때마다 나는 거의 만점을 받았다. 그러자 선생님은 매 때리는 학생으로 매번 나를 지명했고, 친구들마저도 그걸 당연한 것으로 생각하게 됐다. 내가 시험에서 혹여 한두 개를 틀린다 해도 선생님은 "응~, 이번에는 병진이가 한 개 틀렸네."라며 말로만 하고 넘어갈 뿐 나를 때리지도, 매 때리는 학생을 바꿀 생각도 하지 않았다.

일이 그렇게 돼가자 공부를 열심히 해서 답을 틀리지 않아야겠다고 다짐하게 됐다. 그러기 위해서 단어 시험 대비를 더 철저히 했고, 나아가 교과서 공부도 더 열심히 했다. 그런 노력은 이내 빛을 발해 중간시험에서 만점을 맞는, 믿을 수 없는 일이 일어났다. 단어는커녕 ABC도 모르던 나에게 있어 상상하기 어려운 대사건이 벌어진 것이다.

그렇게 시작된 나의 영어 공부는 3학년이 끝날 때쯤에는 선생님이 반에서 영어를 제일 잘하는 학생으로 나를 지목할 정도가 됐다. 물론 선생님은 모르는 게 있었다. 나의 영어는 기초랄 것도 없었고, 수업 시간에 배운 것만 열심히 해서 점수를 꽤 잘 받는 거라는 사실 말이다. 하지만 단어 시험에서 시작된 공부 덕분에 영어에 관심을 갖게 됐고, 눈을 뜨게 된 것만은 확신했다. 매로 시작된 악연이었지만, 결과적으로 영어 공부에 관한 한 선생님은 나의 은인인 셈이다.

이후 나는 영어와 밀접한 삶을 살았다. 대학에서 영문학을 전공했고, 미군부대에서 카투사KATUSA로 근무하며 군 복무를 마쳤다. 전역해서는 영어통역가이드 자격증을 획득하기도 했다. 또 방송국에 입사한 뒤에는 해외연수 프로그램에 선정되어 1년간 미국에 연수를 가 워싱턴 D.C.에서 북한 문제를 연구하기도 했다. 아울러 아이들의 영어 교육에 관심을 많이 기울인 결과 큰아이는 영어 전문 방송기자로 활동하고 있다.

가끔 집에서 아이들과 영어에 관해 이야기할 때면 중학교 때 그 일을 이야기한다. 그러면 아이들은 어떻게 그럴 수가 있냐고 항의하듯 말한다. 지금의 기준으로 보면 있을 수 없는 일인 것만큼은 틀림없다. 하지만 우리 세대엔 일상적인 일이었다. 다행인 건 당시 선생님이 감정적으로 매를 드는 일은 없었고, 그 결과 선생님이 폭력적이라고 생각하는 친구는 거의 없었다. 선생님은 실제 다정하고 온화한 분이었고, 학생들도 그런 선생님을 잘 따랐다. 매를 때리는 선생님의 깊은 마음을 대부분 알았기 때문이다. 그렇다고 해도 나에게 엉덩이를 맞았던 친구들에게 미안한 마음을 전하고 싶다. 비록 건강이 좋지 않은 선생님을 대신해 매를 들게 됐지만 참 미안한 일이 아닐 수 없다.

7/ 자습서

중학교에 입학하던 해 늦은 봄 일요일 저녁, 산골에 가서 보리를 타작한 후 막 자취방에 돌아와 있을 때였다.

"똑똑."

"⋯⋯."

누군가 자취방 문을 두드렸다. 다음 날부터 중간시험이 예정돼있어 시험공부를 한다며 책을 펴 놓고 있었시만 심한 피로감 때문에 책상에 엎드려 있었다. 정신이 몽롱했던 나는 곧바로 반응하지 않았다. 그 누군가가 다시 문을 두드렸다.

"똑똑똑."

그제야 문을 열었다. 옆방에 사는 학생이 책 두어 권을 들고 서 있었다. 할머니, 아버지와 함께 사는 중학생이었다. 나이는 같았는데

한 해 먼저 들어가 2학년이라는 얘기를 할머니한테 들은 적이 있었
다. 바로 옆방에 살고, 같은 토방 마루를 쓰던 터라 얼굴은 알았지만
서로 인사를 트지 않아 서먹하게 지내고 있었다. 한 학년 선배였다고
는 해도 키가 나보다 한참 작아서 동생 같았다.

그가 들고 왔던 것은 자습서와 문제집이었다. 국어 과목이었다. 나
와 인사를 나누기 위해서 들고 온 선물이었다. 그는 씨익 웃으며 책을
내밀었다.

"이거 내가 작년에 보던 것인디 깨끗한 께 볼 수 있을 거여. 혹시 더
필요하면 말해."

그는 오히려 미안해하면서 멋쩍은 웃음을 지었다. 나는 고맙다고
말하며 간단히 인사를 나눴을 뿐 더는 이야기하지 않았다. 밥도 먹지
못했고, 피로에 지쳐있었기 때문이다. 그는 돌아갔고, 나는 받은 책을
대수롭지 않게 십수 장 넘겨보았다. 시험 범위에 들어있던 부분만 대
충 훑어보다가 제쳐두었다. 공부할 힘이 없어 꾸벅꾸벅 졸다가 결국
잠들고 말았다.

다음 날 국어 시험을 치는데 어디선가 본 듯한 문제들이 나왔다.
안타깝게도 정확히 생각나지는 않았다. 집에 오자마자 옆방 학생한
테 받았던 자습서와 문제지를 뒤졌다. 그곳에 비슷한 문제들이 있었
다. 심지어 지문이 똑같은 문제들도 있었다. 아차 싶었다. 그때야 비
로소 자습서의 중요성과 필요성을 절실하게 깨닫게 됐다. 그때까지

자습서라고는 단 한 권도 없었고, 본 적조차 없었다.

곧 옆방으로 갔다. 전날 어설프게 나눈 인사가 걸리기도 했고, 다른 과목 자습서와 문제집도 구해볼까 해서였다. 여전히 어색했지만 그래도 인사를 텄으니 말문은 막히지 않고 쉽게 이어졌다. 이어 그날 있었던 시험에 대해 말하다가 자습서 이야기를 꺼냈더니 기다렸다는 듯 몇 권을 더 찾아왔다.

"그란디 이것은 내가 이것저것 쓰고 낙서한 것이 많응게 보기가 쪼깐 어려울 건디."

그는 망설였지만 나는 찬밥 더운밥 가릴 처지가 못 됐다. 버릴 것이 아니라면 다 주라고 했다. 그는 몇 권을 더 주면서 안타깝다는 표정을 지었다. 정말로 자습서 한 권 없이 공부한다는 게 가능하냐는 표정이었다. 하지만 그게 나의 현실이었다.

그렇게 한참을 이야기하던 중 그가 친구로 지내자고 했다. 아직 선후배의 개념도 없었던 때였고, 나이도 같아 그렇게 지내기로 했다. 할머니도 그런 우리를 보고 매우 좋아하셨다. 몇 번을 더 왔다 갔다 하면서 오래 만난 사이라도 된 듯 급속히 친해졌다. 그러다 할머니의 손자처럼 그 집에서 살다시피 했다. 언젠가 시집간 주인집 딸이 와서 그 모습을 보고는 "할머니, 손자가 하나 더 생겼네요."라며 웃었다.

나는 친구가 된 그에게 받은 책 몇 권을 들고 내 방으로 돌아왔다. 가만히 책상에 앉아있으려니 중학교에 입학하면서 아무런 준비도,

개념도 없었다는 생각이 들었다. 영어는 알파벳만 알면 되는 줄 알았고, 국어는 책만 읽을 줄 알면 되는 줄 알았다. 누구한테 공부에 대한 조언을 들어 본 적도 없었다.

나까지 중학교에 입학하면서 집안 형편은 점점 어려워졌고, 술과 노름으로 세월을 보내던 아버지는 자식들 교육에 전혀 관심이 없었다. 그나마 막둥이인 나에 대한 마지막 희망의 끈을 놓지 않았던 어머니의 의지로 중학교에 입학할 수 있었던 게 천만다행이었다. 하지만 어머니 혼자 힘으로는 한계가 있었다. 어머니는 중학교 입학금과 등록금, 그리고 자취방을 마련하는 것만으로도 벅차했다. 거기다 대고 자습서나 문제집 타령을 할 수는 없는 일이었다.

자습서와 문제집 몇 권에 불과했지만, 그때부터 나의 눈은 반짝이기 시작했다. 공부를 어떻게 해야 할지, 선생님들이 시험을 어떻게 내는지 조금 알게 된 것이다. 나의 성적이 조금씩 상향곡선을 그리기 시작한 것도 그때부터였다.

두어 권의 자습서를 통해 맺은 인연은 공부뿐만 아니라 나의 자취 생활에 대한 인식과 자세까지 바꿔 놓았다. 토요일이 되기가 무섭게 산골 집으로 가곤 했던 나는 여름 방학이 돼서도 집에 가지 않고 자취방에서 지내며 친구와 어울렸다. 처음엔 혼자 밥을 해 먹다가 언제부터인가 아예 할머니에게 쌀을 주고는 친구 집에서 같이 먹고 지냈다. 잠은 둘이서 내 방으로 와 잤다. 산골 집보다 자취방이 더 좋아진 것이다.

방학이 시작된 지 두어 주가 지나서도 내가 집에 가지 않자 어머니가 자취방으로 왔고, 마침내 불호령이 떨어졌다.

"막둥아, 너 여그서 머하고 있냐! 방학했으먼 집에 가서 소 뜯겨야제. 니가 안 하면 소는 누가 키우냐?"

어머니의 성화에 못 이겨 마침내 집에 가기로 했다. 대신 그 친구와 함께 가겠다고 했다. 어머니는 그것까지 안 된다고 할 수는 없었는지 "알았다."라고 하면서 승낙했다. 산골 초가집에 사는 모습을 보여주고 싶지는 않았지만 나에게 공부에 대한 요령과 방법을 알려준 거나 다름없던 친구였고, 죽도 잘 맞았던 터라 같이 가고 싶었다. 친구도 산골 구경을 해보고 싶어 하는 눈치였다. 우리는 산골 집에 가서 2주일 정도 있다가 다시 같이 자취방으로 돌아왔다.

친구는 다음 학기에 들어서도 갖고 있던 자료들을 주었다. 보기에 좀 이려울 징도라 해도 새 자습서를 실 형편이 못 되는 까닭에 모두 받았다. 그런데 그냥 받는다는 건 염치가 없어 가격을 매겨 돈을 좀 주었고, 농사시어서 나는 것이면 뭐라노 가져다주었다. 친구는 어차피 자신이 볼 책도 아니라고 사양했다. 하지만 나로서는 미안했고, 그냥 받을 수 없었다.

2학년이 되고, 작은아버지 집 문간방에서 자취하게 되면서 친구와 헤어져야 했다. 친구도 다른 집으로 이사 가게 됐다. 그렇게 되자 우린 이사 간 친구 집에서 만났고, 친구는 자신이 보던 자습서를 따로 모아

두었다가 나에게 주었다. 필요한 것을 다 받은 건 아니지만 공부에 많은 도움이 된 건 분명했다.

시간이 흘러 3학년이 되었고, 친구는 고등학교에 가게 됐다. 고등학교는 중학교와의 사이에 담 하나를 두고 있었지만 학교가 달라지니 마음도 점점 멀어져 갔다. 그렇게 3학년 1학기까지 몇 권의 자습서를 받고 더는 만나지 못했다. 나도 고등학교 진학을 준비해야 해서 시간에 쫓기다 보니 만나기가 더 어려웠다.

학기말쯤 되자 그가 준 자습서와 문제집의 도움으로 나의 성적은 좀 더 나아져 반에서 최상위권에 이르게 됐다. 그렇게 되니 친구들로부터 자습서나 문제집을 빌려 보기도 쉬워졌다. 꼭 필요한 것들 몇 권은 사기도 했다. 형이 졸업한데다 장학금을 받던 때라 자습서 한두 권 정도는 살 수 있는 여유가 생겼던 것이다.

그즈음 내 생활에 또 다른 변화가 생겼다. 3학년이 되면서 자취생활에서 벗어나 작은아버지 집에서 살게 됐고, 중학교에 입학한 사촌 동생과 같은 방을 쓰게 됐다. 동생은 온갖 자습서와 문제집을 쌓아 놓은 채 시험에 대비했다. 그렇다고 그 책들을 사서 보는 것 같지는 않아 물었더니 뜻밖의 대답이 돌아왔다.

"엉, 친구 아버지가 서점을 해서 친구랑 같이 보는 거야. 형가 너도 그 친구 알자나?"

동생은 읍내 초등학교 출신인데다 전교 1등을 할 정도로 공부를 잘했다. 나는 그걸 보면서 동생이 공부를 잘하는 데는 그만한 이유가 있었던 거구나 싶었다. 한편으론 부러움도 느껴졌고, 심지어는 자괴감이 들기도 했다. 내가 겨우 남이 보던 낙서 가득한 자습서에 의존하며 공부할 때 공부 잘하는 학생들은 저렇게 하고 있었구나 싶었기 때문이다. 나와 같은 학년의 공부를 좀 하는 친구들 역시 그렇거나, 비슷할 거라고 생각하니 몹시 슬퍼졌다.

40여 년의 세월이 흘렀다. 내 아이들이 커가면서 공부로 힘들어하는 모습을 보노라면 안타까울 때가 많았다. 아이들은 밤늦게까지 학원에서 공부하다 집에 돌아오는 일이 잦았고, 집에 와서 또다시 과외 수업을 받거나 두꺼운 책을 읽어야 했다. 그러다 보면 피로에 지쳐 어깨가 축 늘어지기 일쑤였다. 하지만 한편으로는 그런 아이들이 부러운 생각도 들었다. 학원이나 과외는커녕 자습서 한 권 없이 공부하던 나의 중학생 시절이 생각났기 때문이다.

그러던 어느 날 문득, 늦은 봄날 저녁 나에게 자습서를 내밀던 선배이자 친구였던 그가 생각났고, 보고 싶어졌다. 내 성적을 올리는 데 큰 도움을 주었고, 자취 생활에 임하는 자세까지 일부 바꿔준 그는 나의 은인임이 틀림없었다. 키가 작고 까맣던, 중학생 그가 오늘 다시금 머릿속에 떠오른다.

8/ 친구 집 초대와 후식

중학교 3학년 때 일이다.

"병진아, 오늘 저녁 우리 집에서 공부할래?"

중간시험을 앞둔 어느 날, 가까이 살던 반 친구 한 명이 뜻밖의 제안을 했다. 자기 집에서 공부를 같이하자는 것이었다. 저녁도 같이 먹자고 했다. 아버지가 군청 공무원이어서 잘사는 친구로 통했고, 교복을 항상 칼날처럼 다려 입고 다녀서 형들의 교복을 기워 입고 다니던 나와는 급이 달라도 한참 다르다고 생각한 친구였다.

"어? 그...그럴까."

속으로는 '왜 그럴까' 싶었지만 일단 그러자고 했다. 고맙기도 했다. 그때 나는 작은아버지 집에 얹혀살던 때였고 한 끼라도 신세를 줄이면 좋은 시절이었다. 다행히 학교에서는 촌놈 티를 벗고 공부를 좀 하는 단계에 이르던 때였다. 반에서 1, 2등을 다투는 정도가 됐으니 그 친구보다 공부를 잘했던 것 같기는 하다.

작은집에 가서 책가방을 두고 다시 친구 집으로 갔다. 기와집에 정원도 잘 가꿔져 있었다. 산골 초가집에 살다가 읍내로 와서 이제 겨우 작은아버지 집에 살던 나로서는 상상할 수도 없는 집이었다. 이전까지 살던 비좁은 자취방도 생각났다. 집 안으로 들어가자 친구가 자기 방으로 안내했다. 자기만의 방이 있다는 사실에 부럽기가 이루 말할 수 없었다.

친구 어머니는 우리를 위해서 별도로 저녁상을 차려왔다. 단아한 상차림과 정갈한 음식 맛이 일품이었다. 내가 이렇게 먹어도 될까 싶을 정도로 후한 대접이었다. 없어 보이지 않으려고 나도 평소 이렇게 먹고 산다는 듯 무진 애를 쓰면서 먹었다.

밥을 먹고 나서 시험 대비 공부를 하기로 했다. 그런데 말이 공부지 이런저런 이야기를 하며 시간을 보내고 있었다. 친구는 말이 많은 편은 아니었지만, 둘 사이에 이야기가 끊이지 않았다. 주로 등·하교에 관한 이야기였다. 그때 우리가 살던 곳은 여중·여고 근처였던 터라 긴 여학생들의 줄을 뚫고 학교를 오가는 건 엄청난 고통이었고, 어떻게든 풀어야 할 숙제였다.

그렇게 한참 얘기를 나누던 중 친구 어머니가 문을 두드리더니 방으로 들어왔다. 우리는 얼른 책상에 바로 앉아 공부한 척했다. 어머니의 손에는 뭔가가 들려 있었다.

"유승아, 친구랑 과일 먹고 해라."

어머니가 들고 온 것은 과일과 음료수였다. 과일은 하얗게 깎은 배였고, 음료수는 진한 계피 향이 나는 것으로, 수정과라고 했다. 그 모습을 보고 나는 깜짝 놀랐다. 저녁을 먹은 후 후식을 먹어 본 적이 없었기 때문이다. 더욱이 산골에서는 상상할 수도 없었던 일이다. 나에게 과일이라면 명절이나 제사를 지내고 나서 먹는 것이 전부였고, 수정과는 먹어본 적도 없었다. 산골 어머니가 식혜를 맛있게 담그곤 했지만, 그 역시 명절이나 제사가 아니면 먹어보지 못하던 음식이었다.

후식을 받아든 친구는 당연하다는 듯 일상적인 태도로 받으며 나에게 권했다.

"야, 이거 먹고 하자."

"어, 그래."

나 역시 흔히 그래왔다는 듯 아무렇지도 않게 먹었다. 하지만 속으로는 놀랍고 당황스러웠다. 좀 사는 집에서는 이런 걸 이렇게 먹는구나 싶어서였다. 그 순간 내가 살아왔던 생활이 퍼뜩 머릿속을 스쳐지나갔다. 산골에서는 주식 겸 간식으로 고구마만 먹었고, 가끔 홍시를 먹긴 했지만, 후식은 아니었다. 게다가 자취를 하면서는 밥도 먹지 못할 때가 많았다.

후식을 먹고 나서 공부를 하기로 하고 책을 폈지만, 나의 머릿속은 여전히 혼란스러웠다. 그러다 다시 이야기를 시작했고, 공부는커녕 늦게까지 이야기만 하다 작은집으로 돌아갔다. 집에 가서 잠자리에 누웠지만 잠이 오지 않았다. 그 멋지던 집과 어머니가 차려준 깔끔하고 맛있던 식사, 그리고 후식이 생각나서였다. 그중에서도 후식의 충격이 컸다. 그것은 단순한 음식이 아닌 문화적 충격이었다.

그 일이 있고 난 후에도 오랫동안 나는 후식을 제대로 먹어본 적이 없다. 후식을 먹은 건 결혼을 하고 나서부터 아닌가 싶다. 아내는 특히 후식을 정성껏 준비한다. 시장에 가면 제철 과일 중에서도 싱싱하고 맛있는 것으로 골라온다. 식사보다 오히려 후식에 더 신경 쓰는 것처럼 보일 때도 있다. 물론 나보다는 아이들을 위해서라고 보는 게 옳다. 아이들은 당연한 것으로 생각하며 먹는다. 그 모습을 볼 때면 나는 아이들이 부럽다. 더불어 친구 집에서 후식을 처음 먹던 기억이 떠오른다. 친구의 모습도 겹쳐진다.

이렇듯 그날 후식의 충격은 40여 년의 세월이 지난 지금까지 생생하다. 또 앞으로도 오래도록 잊히지 않을 것 같다. 겨우 자취생 신분에서 벗어나 작은아버지네에서 눈칫밥 먹던 중학생이 받은 가장 큰 충격이었기 때문이다.

9/ 악몽 같던 여학교 앞에서의 등·하교

"형가야, 얼릉 나와아. 여학생들 없을 때 학교 가야 한당께."

같은 방을 쓰던 사촌 동생이 안달하며 소리쳤다. 우리는 한 명의 여학생이라도 적은 시간에 학교엘 가야 했다. 조금이라도 늦으면 전장에 나가는 군인들의 행렬보다 더 무서운 여학생들의 행렬을 뚫고 지나가야 했고, 그것은 악몽이었다. 여중·여고 바로 앞에서 살던 동생과 내가 매일 벌이던 등·하교 전쟁이었다.

3학년이 되면서 작은아버지 집에서 살게 됐다. 사촌 동생이 중학교에 입학해 한방에서 자고 공부했다. 얼굴을 한두 번밖에 본 적 없던 터라 서먹하던 동생이었다. 한데 이내 죽이 잘 맞았다. 도움받는 일도 많았다. 동생은 어린 나이에도 속이 깊었고, 공부도 매우 잘했다. 내가 도울 수 있는 것이 거의 없다는 사실이 미안할 뿐이었다. 그나마 해줄 수 있는 것이 있다면 학교를 먼저 다닌 선배로서의 조언 정도였다.

그러던 중 뜻밖의 문제가 생겼다. 작은아버지가 갑자기 여학교들이 모여 있는 지역으로 이사 가겠다고 한 것이다. 작은아버지의 말을 듣는 순간부터 나와 동생은 큰 고민에 빠졌다. 어떻게 그 긴 여학생들의 행렬을 뚫고 학교에 가느냐 하는 고민이었다. 급기야 동생이 작은아버지에게 슬쩍 얘길 꺼냈다. 그러자 작은아버지는 "아야, 으짠다고야?, 그것이 먼 문젠디?"라며 한마디로 일축했다. 우린 결국 현실적 대안을 찾아야 했다.

당시 해남읍에는 중학교와 고등학교가 담 하나를 사이에 두고 나란히 붙어있었다. 80년대 중반 해남으로 내려갔던 시인 김지하가 지친 심신을 다스렸다는 '서림'이라는 곳이었다. 여학교도 마찬가지였다. 여자중학교와 여자고등학교가 같은 유형으로 붙어있었다. 두 학교는 산 아래 구교리의 경사진 곳에 있었다. 따라서 여학교 앞에서 남자 중학교에 가려면 등교하는 여학생들과 반대 방향으로 내려가야 했다.

여중·여고가 산기슭에 있다 보니 길이 좁았고, 그 길 하나로 거의 모든 여학생이 학교에 오갔다. 특히 등교 시간엔 여학생들로 가득 메워지다시피 했다. 구경도 그런 구경이 없었다. 여학생들이 위아래 검은 교복을 입는 겨울이면 중무장한 군인들의 행렬을 보는 것 같았고, 하얀 윗옷에 까만 치마를 입는 여름이면 기다랗게 줄지어 이동하는 양 떼 행렬을 보는 듯했다.

처음 우리는 일상적인 등교 시간에 집을 나섰다. 모자를 푹 눌러쓰고 얼굴을 최대한 가린 채, 앙칼진 고양이들을 경계하듯 잔뜩 긴장하며 내리막길을 걸었다. 여학생들의 시선을 피하고 싶었기 때문이다.

사춘기의 남학생들에게 엄청난 규모의 여학생 무리는 그 자체로 부담이었다. 게다가 군중 속 여학생들은 놀리는 말을 한마디씩 던지곤 했다. 우리는 애써 안 들은 척했지만, 등에서는 식은땀이 줄줄 흘렀다. 그 길을 벗어나서야 비로소 해방감을 느꼈고, 하루 일과 중 가장 힘든 일을 마친 것 같았다.

동생과 둘이 가는 아침은 그나마 좀 나았다. 학교 끝나는 시간이 다른 오후가 문제였다. 오후는 혼자서 적진을 돌파하는 기분이었다. 그 길을 혼자 올라갈 때면 내 이름을 들먹이며 농담하는 여학생도 있었고, 교복을 트집 잡는 여학생도 있었다.

"아야, 저그 저 머시매가 그 애지? 누구냐. 그 친구우."

"맞어 맞어. 병진이."

"아따 그란디 혼자 가기가 부끄런가 보다야. 얼굴 빨개진 거 봉께."

"워메, 교복은 즈그 성 거 입었다냐?"

처음 입학 때와는 달리 3학년에 들어서 나의 이름과 얼굴이 여중학교에도 조금 알려지게 되면서 더 신경이 곤두섰다. 공부를 좀 더 잘하게 되고, 아는 친구들이 늘어가면서 생긴 현상이었다. 누가 뭐라지 않아도 괜스레 어깨가 움츠러들기 예사였던 그때 그 긴 여학생 행렬을 지난다는 것은 지옥 같은 고통이 아닐 수 없었다.

긴 행렬의 기점이라 할 수 있던 군청에서 여학교까지는 500m 정도로 그렇게 멀다고 할 수는 없었다. 더욱이 300m 정도만 가면 샛길로 빠질 수 있었다. 하지만 그 길은 5,000m도 넘는 것처럼 멀게 느껴졌다.

한 달여를 그렇게 다니다 더는 안 되겠다 싶어 동생과 머리를 맞대고 새로운 작전을 짰다. 긴 행렬의 허리를 잘라가는 이른바 '상륙작전'을 구사하기로 했다. 여중·여고로 나 있는 길 중 'ㄴ'자로 꺾어진 중간지점을 가로질러 우리 중학교로 가는 전략이었다. 그러면 2m도 안 되는 너비의 시멘트 포장길만 건너면 됐다. 이어 학교 앞 밭둑길을 통해 중학교까지 걸어간다는 계산이었다.

처음 한 달가량은 그 전략이 주효한 것처럼 보였다. 의도대로 공포의 여학생 군단을 오래 마주치지 않아도 됐기 때문이다. 학교까지 가는 시간도 절약되는 것 같았다. 하지만 곧 몇 가지 난관에 봉착했다. 우선 밭둑길은 풀이 무성해 다니기 어렵기도 했고 위험하기도 했다. 개구리나 뱀이 나오는 때도 있었다. 조금도 빈틈없는 여학생들 사이를 가로질러 가는 것도 생각처럼 쉬운 일이 아니었다.

그뿐만이 아니었다. 밤새 내린 이슬 때문에 운동화와 교복 바짓단이 젖어 축축해지기 일쑤였고, 어쩌다 비라도 오는 날이면 신발이며 옷이 진흙투성이가 됐다. 또 밭작물을 망친다고 주인이 야단을 놓는 일까지 있었다. 우린 결국 상륙작전을 그만둘 수밖에 없었고, 다시 새로운 방법을 찾아야 했다.

"수경아, 이거 아무래도 안 되것다야. 다른 방법을 찾아 보자."

"그래야것네. 형가야, 그라면 어떻게 하면 좋으까?"

"……"

동생과 난 다시 머리를 맞대며 새로운 길을 찾아보았지만 다른 길은 없었다. 하는 수 없이 등교 시간을 앞당기는 쪽으로 가닥을 잡았다. 아침을 최대한 빨리 먹고 여학생들이 많지 않을 때 집을 나서는 방법이었다. 아침잠이 많았던 나한테는 매우 힘든 일이라 내키지 않았지만 다른 방법이 없었다.

다음 날부터 우리는 평소보다 일찍 일어났다. 동생은 나를 깨우느라 애를 먹었다. 겨우 눈을 뜬 나는 씻는 둥 마는 둥 하고 서둘러 아침을 먹었다. 이윽고 허겁지겁 책가방을 챙겨 들고 집을 나섰다. 그럼에도 불구하고 아침형 여학생이 많은지 길은 예상보다 붐볐다. 그래도 그 숫자가 이전보다 훨씬 줄어든 것만은 분명했다. 더불어 부담도 많이 줄었다.

처음 며칠은 수업 시간에 꾸벅꾸벅 졸았다. 하지만 시간이 지나면서 점차 적응돼 갔다. 학교에 일찍 가니 뜻밖에 좋은 일도 생겼다. 부지런한 학생으로 인식됐고, 공부 시간도 더 많이 가질 수 있었다. 아침과는 반대로 오후엔 학교에서 좀 늦게 나왔다. 주로는 친구들과 공을 찼고, 그림을 그리기도 했다. 수업자료 만드는 선생님을 도울 때도 있었다. 이렇듯 늦게 집에 가게 됐지만, 하다 보니 그것도 나쁘지 않았다. 아침 일찍 일어나 학교 가고, 저녁 늦게 집에 돌아가는 것은 곧 습관이 되어 몸에 뱄다.

시간은 금세 흘러 여름방학이 됐다. 이윽고 가을, 겨울을 지나 이내 일 년이 지났다. 나는 졸업과 함께 광주로 유학을 떠났다. 하지만 동생은 여전히 같은 집에서, 같은 방식으로 학교에 다닐 수밖에 없었다. 동생을 혼자 두고 나만 떠난 것 같아 미안한 마음이 들었다.

이후 오랜 시간이 흐른 지난 2014년 여름, 방송차 해남에 갈 일이 있었다. 고산 윤선도 생가인 녹우당 사랑채에서 '땅끝의 인문정신'을 주제로 <이주향의 인문학 콘서트>를 진행하게 된 것이다. 방송을 마친 다음 날 진행자 이주향 교수와 함께 해남군청에 잠시 들렀다. 가는 길에 본 그 길은 많이 변해 있었고, 학교도 남녀공학의 해남제일중학교와 해남고등학교로 바뀌어 있었다. 여학생 군단의 긴 행렬을 더는 볼 수 없었다. 세상의 모든 것이 다 변한다지만 그 변화만큼은 유독 아쉬웠다.

방송 제작을 마치고 스태프들과 서울로 올라오는 길에 해남과 관련된 이야기를 하게 됐다. 이야기는 마침내 나의 중학교 시절로 이어졌고, 나는 중학교 시절 가장 힘들었던 게 여학교 앞에서 통학하던 일이었다며 웃었다. 그러자 옆 좌석에 앉아있던 누군가 "힘들 게 뭐예요? 오히려 재밌었겠는데요. 인기도 좋았을 것 같고, 거기다 학교 일찍 가서 공부 손해 본 것도 없었겠고요."라고 말해 분위기를 반전시켰다. 생각해 보니 틀린 말이 아니었다. 성적만 해도 나와 동생 모두 더 올랐기 때문이다.

스태프의 해석대로 그 일은 좋은 결과로 귀결됐다. 게다가 어색하게 지낼 뻔했던 동생과 같은 문제를 놓고 해법을 찾아가는 과정에서 함께 고민하며 일체감을 가졌던 계기가 되기도 했다. 그렇게 생각하니 여학교 앞에서의 통학은 악몽이 아닌 행운이었던 것 같고, 잊지 못할 추억이 됐다.

10/ 땅끝 해남 그리고 바닷가

해남이 한반도의 땅끝이라는 사실을 모르는 사람은 많지 않을 것이다. 나는 그 해남에서 태어나 자랐고, 고등학교를 마칠 때까지 살았다. 그런데 사는 동안 해남이 땅끝이라는 사실을 알지 못했다. 중학교에 들어갈 때까지는 바닷가인 줄도 몰랐다. 바다를 처음 본 것은 고등학교 입학 때쯤이었다.

내가 태어나 살던 곳은 대흥사가 있는 두륜산 뒤 옥천면 용농(龍洞) 마을이라는 두메산골이었다. 원래는 배나무골이라는 뜻을 가진 이목(梨木) 마을이었는데 일제강점기 때 행정구역이 용동마을로 통합됐다고 했다. 용동은 용이 하늘로 올라가는 모습을 닮았다고 해서 붙여진 이름이다. 집 앞에는 커다란 저수지가 있어 붕어나 장어 등 민물고기를 잡곤 했다. 따라서 내 생활과 놀이의 기반은 바다 대신 저수지였다.

산골은 높은 산으로 둘러싸여 있었다. 집에서 보면 두륜산 봉우리 중 하나인 두륜봉이 우뚝 솟아 있었다. 겨울이면 토끼나 고라니를 잡기 위해 거의 매일 산을 오르내렸지만 두륜봉은 올라가 볼 엄두도 내지 못했다. 너무나 신성해 보였기 때문이다.

산골 너머로 나가 본 것은 초등 분교 5학년 때가 처음이었다. 새로 오신 선생님이 소풍 장소로 대흥사를 결정한 것이 계기였다. 이전까지 소풍은 분교 앞산이나 뒷동산이 전부였다. 대흥사로 소풍을 간다고 하자 잠이 오지 않았다. 소풍 자체도 설렜지만, 산골 바깥세상을 구경한다는 게 꿈만 같았다. 대흥사 소풍은 우리 학년뿐만 아니라 전교생이 같이 가는 학교 전체 행사였고, 나중에 사진을 보니 '수학여행 기념'이라고 쓰여 있었다.

중학교에 입학하면서 비로소 해남이 바닷가라는 사실을 알게 됐다. 바다를 직접 본 것은 아니었고, 풍겨오는 분위기와 느낌으로만 알았다. 버스를 타고 내릴 때면 터미널 주변 상점에 바다 생선들이 많았고, 송호리 해수욕장, 산정, 어란 등 바닷가 마을로 가는 버스를 볼 수 있었다. 학교에 가면 바닷가에서 온 친구들의 이야기를 들을 수 있었고, 그런 것들을 통해 바닷가라는 사실을 간접적으로 알 수 있었다.

그러던 내가 바다를 직접 보게 된 일이 있었다. 중학교를 졸업하고 고등학교에 갈 때쯤이었다. 광주로 유학을 가기로 했고, 대학에 다니던 둘째 작은집 사촌 형과 자취를 하려고 하면서다. 나는 사촌 형을 만나기 위해 완도 바로 앞 남창이라는 곳에 살고 있던 작은아버지 집엘 가게 됐다. 그 남창이 바닷가였다.

제사 때면 집으로 오곤 했던 동갑내기 여 사촌이 바다를 구경시켜 준다며 함께 바닷가로 갔다. 산골에서만 살던 내게 처음 본 바다는 신비함 그 자체였다. 잔잔한 저수지만 보다가 거친 파도가 이는 바다를 보니 놀라울 뿐이었다. 바다를 직접 접한 첫 경험이었다.

완도도 갔다. 남창에서 다리 하나를 건너면 완도였고, 다른 친척이 거기에 산다고 해서 갔다. 겨울이면 친척은 완도와 해남의 경계 마을인 '달도'라는 곳에서 김을 채취했다. 김 채취 작업을 직접 본 것도 인상 깊었지만, 처음으로 해남을 벗어났던 게 의미가 컸다.

생선회를 처음 먹어본 곳도 해남이 아닌 서울이었다. 산골에 살면서 익힌 생선을 먹어 본 일이야 많았지만, 날것으로 먹을 일은 거의 없었다. 결혼식 같은 대사 때면 빠지지 않던 홍어가 있기는 했지만, 홍어는 순수한 날생선, 그것도 생선회라고 할 수는 없있다. 그런 이유로 대학 졸업을 할 때까지만 해도 회를 즐겨 먹지도, 좋아하지도 않았다. 먹어 본 적이 없었기 때문이다. 서울에 살던 초창기에 주변 지인들에게 생선회를 좋아하지 않는다고 할 때면 신기한 듯 바라보곤 하던 일을 잊을 수 없다. 땅끝 바닷가에서 온 사람이 회를 먹지 못한다는 게 말이 안 된다는 게 이유였다. 물론 지금은 회를 즐겨 먹는다.

그런 모습을 보면 어머니는 "바닷가 피가 어디 가겠냐"라며 웃곤 한다.

해남이 땅끝이라는 것도 서울에 살면서 알게 됐다. 워낙 우물 안 개구리로 살았기 때문이기도 하지만, 그 사실이 본격적으로 알려지게 된 계기가 지방자치제의 시행과 밀접한 관련이 있기 때문이다. 해남이 한반도의 남쪽 땅끝이라는 사실을 알게 되면서부터는 세계 주요 지역의 남쪽 땅끝에도 각별한 관심을 갖게 됐다.

2005년 말 소설가 박범신, 산악인 엄홍길 대장 등과 함께 아프리카 최고봉 킬리만자로(5,895m)산을 등반하면서 돌아오는 길에 아프리카 대륙의 남쪽 끝으로 알려진 희망봉(Cape of Good Hope)에 들렀던 것도, 2009년 미국 연수 당시 플로리다 마이애미에 갔을 때 미국의 가장 아래쪽에 있는 키웨스트(Key West)에 들렀던 것도 그 때문이었다. 희망봉에서는 벅찬 희망을 가슴에 새기고 싶었고, 키웨스트에서는 북미 대륙의 끝에서 새로운 시작과 의지를 다지고 싶었다. 모두 다 고향 해남에 대한 간절한 그리움과 지리적 의미를 생각하면서 가게 된 곳이다. 실제로 키웨스트에서 최남단 지점(The Southernmost Point)임을 상징하는 모조 부표를 봤을 때는 고향 해남이 저절로 머릿속에 그려졌다.

수년 전 대흥사의 뒷산인 두륜산 산행을 간 적이 있었다. 원래는

2005년 히말라야 안나푸르나 푼힐(3,210m) 등정 이후 형제처럼 지내던 산악인 엄홍길 대장과 함께 가는 등반을 기획했지만, 사정상 제2의 고향이라 할 수 있는 무등산으로 산행 장소를 바꾸게 되었다. 아쉬움이 너무 커 기회를 보다가 방송국 산악회(KBS산악회)와 함께 오르게 됐다.

우리는 밤새 버스를 달려 동이 트기 전 두륜산 입구에 도착했다. 어둠을 헤치며 산 정상에 올라가서 본, 고향 용동마을은 감동이었다. 단언컨대 내가 산에서 본 경치 중 세계 최고라고 할 만했다. '풍요의 여신' 안나푸르나도, '빛나는 산' 킬리만자로산도, 동남아 최고봉인 키나발루산도 두륜산보다 더 아름답지 않았던 것 같다. 정상 반대쪽에 내려다보이는 대흥사가 유네스코 문화유산이 된 것도 감동을 더하는 요인이었다. 내가 태어나 살던 곳의 절이 세계적인 문화유산이었다고 생각하니 자랑스러웠고, 감동은 배가 됐나.

땅끝 해남은 어린 시절의 나를 단련시킨 곳이고, 살아가면서 시련이 닥칠 때면 이겨낼 힘을 주었던 곳이다. 또 앞으로도 언제든 내가 안길 수 있는 넓은 어머니의 품 같은 곳이다. 나는 지난 2005년 초, 별다른 준비도 없이 히말라야를 겁 없이 갔는데, 그렇게 갈 수 있었던 힘은 어린 시절 뒷동산을 오르던 기억과 경험에서 나온 것이다. 그 해남은 내 생명의 원천이었고, 앞으로 살아갈 힘의 뿌리가 될 것이다.

THE CONCH REPUBLIC

90 Miles to CUBA

SOUTHERNMOST

POINT

CONTINENTAL U.S.A.

KEY WEST, FL
Home of the Sunset